講談社文庫

幻想遊園地

堀川アサコ

JN051538

講談社

幻想遊園地　目次

幻想遊園地

1　たそがれ探偵社の秘書

本編の主人公である島岡真理子《しまおかまりこ》という女性について。

真理子さんは、いろいろ際立《きわだ》ったところがある人だ。

長所もあれば短所もある。際立った長所と際立った短所。加えて、良し悪しなど超越《ちょうえつ》した、際立ってドラマチックな秘密。

真理子さんの長所といったら、すぐに目につくのは美人なところだ。これはすごく際立っている。そして、ごく善良なところ。世話好きなところ。お人好しなところ。

短所は、話し方がなんだかグズグズしているところ。語尾には必ず「……」がつく。だから真理子さんと話していると、なんとなくイライラする。

さりとて、引っ込み思案ではないのだ。惚《ほ》れっぽさなど、人一倍である。

その惚れっぽさこそが真理子さんの際立った短所であり、急所だった。島岡真理子は「男に媚《こ》びる女」「女に嫌われる女」。真理子さんの人生の問題の大方は、そこに始まりそこに終わる。

しかし、真理子さんの際立っているところといえば、何といってもつい何年か前までは怨霊《おんりょう》だったことに尽きる。

怨霊。怨念にとりつかれた死霊。

死霊。いかにも、真理子さんは殺人事件の被害者だった。その詳細について書いた本は別にあるから、本編ではあまり触れない。真理子さんは怨念が晴れた後もグズグズこの世にとどまりはしたが、亡くなった人の習慣として一度はあの世に行ったのである。

しかし、殺人事件の被害者の中には、生まれ変わるのではなく、そのままスルリとこちらに帰って来る者が居る。そして、何気ない顔で生活をしている。現在の真理子さんは、そういった人たちの一人だ。

帰って来た人たちの多くは、境界エリアというこの世とあの世の中間にある、心霊スポットのような場所で働くことが多い。亡くなった人たちがあの世に向かう郵便局とか映画館、汽船会社、そんな場所が案外とあちこちにあるものなのだ。境界エリアでは、かつてヒナゲシだった人、かつてカラスだった人、かつて歴史上の人物だった人なども働いている。

真理子さんが勤務するのは、たそがれ探偵社というその手の探偵社だ。ここでは、超常の案件をもっぱら扱っている。探偵長の大島順平《おおしまじゅんぺい》――大島ちゃんも、かつては殺人事件の被害者だった。

真理子さんもそうだが、前に生きていたころの記憶や習慣はなかなか上書きされないらしく、二人ともどこやら時代に付いていけない雰囲気を醸《かも》している。探偵の大島ちゃんは古いタイプのヤンキーだし、すがるとか耐えるとかが基本姿勢である真理子さんの女っぽさもまた、いらいらするほど時代遅れだ。

＊

この物語は、大島ちゃんがとある温泉地に出張して、たそがれ探偵社が事実上の開店休業だったところから始まる。つまり、真理子さんの独壇場である。

真理子さんと大島ちゃんについては、これから終いまで「さん」だの「ちゃん」だのと敬称がつくのだが、彼らの個性を表現するにはその方がふさわしい。ほかの人を呼び捨て扱いしていても、そこはマァごめんなさいよ、である。

＊

市民図書館で、真理子さんは本を二冊借りた。『愛されたい女』『哀愁の逃避行7』。

手垢《てあか》がついてくたびれた本を胸に抱えて、幸せそうに深く息を吸った。大島ちゃんもお客も居ない事務所で、くつろぎながら恋愛小説を読みふけることを思うと——。

「うふ、しあわせ……」

思わず声に出してしまったら、すぐ近くで書架とにらめっこしていた黒ぶち眼鏡の女性が、胡散《うさん》くさそうにこちらを見た。真理子さんは「うふっ……」と曖昧《あいまい》な笑顔で目礼をし、貸出しカウンターに向かった。

二冊の本を中古のブランドバッグにしまい出口に向かったとき、子どもの泣き声がした。切羽詰まったギャン泣きだった。

「あ……」

見れば、五歳ほどの男児が、訴えるように泣きながら逍遥《しょうよう》している。しきりに「ママ、ママ」と繰り返しているから、迷子だと察しがついた。

お人好しの真理子さんの辞書に「知らんぷり」の文字はない。——坊やちゃん、迷子なのでちゅね。可哀相《かわいちょう》に、可哀相に。いっしょにママを探しまちょうね……。などと声を掛けようとしたら、一瞬早く、新刊棚のかげから現れた紳士が、それと同じ大《おお》袈裟《げさ》な赤ちゃん言葉をいって、坊やに手を差し伸べた。

「坊やちゃん、迷子なのでちゅね。かわいちょーに、かわいちょーに。いっしょにママを探しまちょーね」

（ハッ……！）

真理子さんは、雷に打たれたほどの大きなショックを受けた。

坊やに手を差し伸べたその紳士は、かつての夫だったのだ。

その人はカマキリのように痩《や》せて、光沢のある黒い生地のスーツを着ていた。いがらっぽい声と、一世紀くらい前の西洋紳士のような物腰。大袈裟なくらいに背筋を伸ばし、髪の毛はポマードでぺったりと撫《な》でつけ、ちょっと類人猿に似た顔立ちで、何より目立つのはサルバドール・ダリに似たその怪しげな細い髭《ひげ》。

かつて真理子さんとダリ髭の紳士とは、あの世に続く映画館で暮らしていた。そこは境界エリアのひとつ、亡者の通り道だった。ダリ髭の紳士は映画館の支配人で、真理子さんはあの世に行く途中で彼と恋に落ちた押し掛け女房だった。

つまり、支配人の妻だったとき、真理子さんは幽霊だった。だから、それは暫定的《ざんていてき》な関係だ。所詮《しょせん》、むすばれぬ恋だったのだ。

（なぜ……）

真理子さんは、よろめいた。真理子さんは、よくよろめくのだ。

なぜ、あの人がここに居るのか。なぜ、あたしに気付かないフリをするのか。真理子さんは逃げたくなったり、怒りたくなったり、相手に抱き着きたくなったり、それらの衝動がいっぺんに湧いたものだから、ひどく混乱してしまった。それで、他人行儀な元夫が、坊やといっしょに書架の間をうろうろするのを尾行した。

「ちょっと、なんなんですか！」

突然、泣く子も黙る剣幕で、女性の怒った声が響いた。

それは元夫と坊やの後ろ姿が消えた方から聞こえたので、真理子さんは驚いて付け睫毛《まつげ》のきれいな目を瞬《また》かせ、その方へと急いだ。

書架と書架にはさまれた狭い通路で、黒ぶち眼鏡の女の人が坊やを自分の後ろに隠して、怒髪天《どはつてん》を衝《つ》く形相《ぎょうそう》で怒っている。さっき、真理子さんにひと睨《にら》みをくれたあの人だ。

（なるほど、こういうことね……）

元夫のことは、ひとまず置いといて。真理子さんは探偵社に勤務する人らしく、目の前の事態について推理した。

彼女こそが、坊やの母親であるらしい。で、本を選ぶことに熱中するあまり、連れて来た坊やの手を離してしまった。図書館は静まり返った大人の世界。退屈していた坊やは楽しいことを求めて、トコトコとその場を離れた。そして、あっという間に迷ってしまった。

どこまで行っても、小難しい本を詰め込んだ書架書架書架――。坊やは押し寄せる本の波にもまれ、恐慌をきたした。ママを探して号泣したものの、ママは坊やのギャン泣きには慣れっこである。一方、ほかの大人たちにしてみれば、そうはいかない。子ども嫌いの人には、やかましく聞こえた。気優しい人は、可哀相だから何とかせねばと思った。後者である真理子さんが坊やを見つけ、ご同類の元夫が手を差し伸べた。

で、元夫と坊やは無事にママを探し出したのだが、ママは元夫を不審者・変質者・人さらいと断じて怒り出した、というわけである。

下手に迷子を助けるとこうした憂き目に遭うと話には聞いていたが、これでは善意の元夫が気の毒ではないか。

「しかし、奥さん、あなたにも落ち度がないとはいえないよ？　坊やを連れている以上、迷子にならないように気を付けるのが親たるものの務めだと思わないでもないよ？」

元夫が歯切れ悪く反論するも、女性はますます激昂《げっこう》した。

「子どもを連れた女は図書館に来ちゃいけないっていうんですか。親たるものってヤツは、本も読んだらいけないっていうんですか」

などといい出すものだから、真理子さんはついカッとなった。そこに居るのが自分にとって特別な人で、今となっては顔を合わせてはいけない相手であることを暫《しば》し忘れた。

「その方は、迷子の坊やを助けてあげたんですよ……」

カッとなっても滑舌《かつぜつ》は曖昧である。グズグズした口調でそういうと、怒ったママはこちらを振り返った。真理子さんはビビッたけど、負けられないわ……と思った。

「助けてもらった恩をアダで返すようなことをいう前に、坊やに心細い思いをさせないことが大事だと思いますけど……？」

精一杯の負けん気で、語尾を少しだけ上げてみた。

怒るママは反撃するために息を吸い込んだ。

その瞬間、周囲から抗議の声があがった。図書館に静寂を求めてやって来た人たちの怒った顔が、この騒ぎを取り囲んでいる。

ママはそこで完全にヘソを曲げたのか、あるいは分が悪いと思ったのか、坊やの手を引いて走って逃げた。その様子を苦笑交じりに見送る元夫を、真理子さんはこそこそと盗み見た。そして、思わず口を覆う。

（あたしとしたことが……）

真理子さんは、よろめく。

（別人だわ……。似ているけど、あの人じゃない……）

髭の形が少しだけ違う、笑い方が少しだけ違う、よく見れば顔も少しだけ違う。真理子さんはホッとしつつも、悲しくなった。しょんぼりと帰ろうとしたとき、かつての夫によく似た紳士は、真理子さんの薔薇《ばら》の香水が香る背中に声を掛けた。

「どこのどなたかは存じませんが、ご親切のお礼にお茶でもいかがでしょう」

「え……」

振り返った真理子さんの顔に、儚《はかな》い一日花のような笑みが咲いた。「ええ、もちろん……」と答えようとしたのだけど、またしても静寂を愛する読書家たちに気圧されて、ただおずおずとうなずくばかりであった。

＊

他人の空似。そう気付いても、やはりダリ髭の紳士はかつての夫に似ている。

図書館近くの古めかしい喫茶店で、真理子さんは向かい合う紳士をじーっと見つめた。目が合ってにっこりされると、真理子さんは慌《あわ》てて脇を向いて恥じらう。

「さように、わたしと似ているのですか？」

話し方まで、そっくりだ。

「はい……」

この人の職業は、仏蘭西《ふらんす》人形のセールスマンだという。真理子さんにはそれがどんな仕事なのか、想像がつかなかった。仏蘭西人形をたくさん持って、家々を売り歩くのだろうか。

「わたしに似たそのお方は、あなたとはどのような？」

「あたしの夫です……」

真理子さんは、悲し気に答えた。人形売りの紳士は、ショックと嬉しさが混じり合った複雑な顔をした。真理子さんが人妻だったのはショックだが、自分がその夫に似ているという事実に照れたのである。

「別れた夫です……」

真理子さんは、やはり元気なく付け加えた。人形売りの紳士は、細い髭をぴくぴく震わせた。自分に似ているのが、この美女の夫ではなく元夫であるという事実は、ロマンチックさにおいて大いに異なると思ったようだ。

「あなたのような美しい人と出会えたのだから、不審者に間違われるなど何のそのですな」

「え、そんな……」

「わたしも幼少時に迷子になり、父のお得意さまである老婦人に助けられたことがあります。父もまた、仏蘭西人形のセールスマンだったのです」

「あたしも……。小さいときに迷子になって泣いていたら、変質者に連れていかれそうになったことがあります……」

「ええ、そんな」

二人は、砂糖とミルクをふんだんに入れたブレンド珈琲《コーヒー》をはさみ、時間を忘れて会話を楽しんだ。人形売りは透視やテレパシーの超能力を披露して、真理子さんが驚くと得意そうに指で髭をはじいた。

「なあに、簡単な手品です」

「手品……？　それはきっと、セールスのお仕事に役立つのですね……？」

お客の心理を手玉にとって、仏蘭西人形をどんどん売ってしまうのだろう。そういうと、人形売りはますます得意げになり、今度は心理テストを始める。

「あなたは、海辺の道を一人で歩いています。音楽が流れています。そこに、一匹の亀が現れ――」

海辺の道に聞こえるのは、人生の最後で聞くであろう音楽。出現した亀が発する言葉は、今いちばん必要なメッセージとのこと。人形売りは饒舌《じようぜつ》であった。不思議で、どこか怖くて楽しい話の数々を、真理子さんは目を輝かせて聞いた。

「ああ、もうこんな時間だ。お客さまとの約束があるので、残念ですがそろそろお暇《いとま》せねばなりません」

「あたしも帰って、さっき借りて来た本を読みます……」

ドアを出ても別れがたく、二人は店の前で何度もお辞儀をし合った。今しも店に入ろうとしていた若いカップルに不審げな目で見られたけれど、そんなことは眼中にもなかった。二人は――少なくとも真理子さんは、恋に落ちていた。

「では、今度こそ失礼いたします」

「ご連絡くださいね……。お待ちしています……」

「もちのろん」

それからまた五度ばかり会釈を交わし、別々の方角に歩き出してから六度ばかり相手の方を振り返った。二人同時に角を曲がったとき、甘美な寂しさが胸を衝く。

(フン、フフフン、フン……)

ヘップサンダルの細い踵《かかと》がアスファルトに当たるのを聞きながら、真理子さんは鼻歌を歌った。何度目かのサビの部分を繰り返し、ハタと足を止める。

「あたしったら……」

あんなに親しく何時間も話したのに、名前を聞き忘れた。

(でも、きっとまた会えるから大丈夫……)

恋の予感が、胸の中で力強くそう告げていた。真理子さんの場合、二ヵ月に一回くらいの割合で、同程度の恋の予感がしているのだが。

＊

だれも居ない探偵社の長椅子に腰かけ、真理子さんは『哀愁の逃避行　7』を読んでいた。目の前のテーブルには、唐辛子《とうがらし》をまぶした煎餅《せんべい》と、甘いミルク珈琲が載っている。ヒロインが追いすがる婚約者の手を振り切って、シリーズ七度目の駆け落ちをするために夜行列車に乗り込んだときである。玄関のベルが鳴った。

(あら……)

顔を上げると、すりガラス越しにドアの向こうに立つ人影が見えた。ずいぶんと、背が低くて痩せた人物のようだ。さもありなん。訪問者は、小学生の男の子だった。カイワレみたいにひょろひょろした少年は、「田辺《たなべ》」と名乗った。坊ちゃん刈がよく似合っている。今はこんなに頼りないけど、将来はイケメンさんね……と、恋の達人である真理子さんはこっそりと田辺少年の未来を査定した。

「依頼したいことがあるんです」

田辺少年は、眉間にしわが寄り、まだ幼い額に細い静脈が浮いていた。いかにも切羽詰まった様子に見える。内気そうな目を可哀相なくらい真剣に見開いて、真理子さんをまっすぐに見た。

「今、探偵の人が出張していて……」

そういいかけると、少年の目に悲劇的な色が増した。

「引き受けてもらわないと、ぼく、困ります！」

「でもね、変な話なんだけど……うちは超常現象専門の探偵で……」

「ぼくの問題は、超常現象なんです！」

頼りない外見に反して、田辺少年は強引な調子でいい募った。

同級生が超常現象レベルで変わってしまったという。何とも奇妙ないい様だった。

それは、昔の外国の文学に書かれたみたいに、起床したら毒虫になってしまったというくらい変わったとでも？

「どんな風に変わったかは、プロの目で実際に見てから判断してほしいんです」

「でも、探偵の人は留守で、あたしはただの留守番……」

「あいつが変になったのは、遠足に行ってからなんです」

田辺少年は真理子さんのいい分を無視して、一方的に用件を告げてから帰って行った。断るつもりだったのに、『ご依頼者申し込み票』なるものにしっかりと記入してもらった真理子さんは、しっかり者なのかうっかり者なのか。

（瀬界《せかい》小学校五年二組、田辺玲央《れお》くん。超常現象並みに変わってしまったクラスメートの名前は、保科蛍《ほしなほたる》さん。彼女さんかしら。あんなに真剣になるんだから、とっても好きなのね……）

これは、探偵の大島ちゃんに一度こちらに戻って来てもらわなくては。そう思っていたら、当人から電話が来た。

――真理子、ワリーけどさ、本を送ってくんねー？

ぺらぺらと早口で告げられた書名を、急いで書きとった。『麻雀《マージャン》サバイバル』『勝てる麻雀イロハのイ』『雀鬼の花道』麻雀の本ばかりである。真理子さんが呆れると、大島ちゃんは「日々、勉強よ」と得意そうな口調でいった。

「大島さん、もしや温泉に入って麻雀三昧《ざんまい》だとか……？」

そう指摘すると、図星だったのか電話の向こうで「馬鹿いうな」とか「うるせー女だ」とか、もそもそと文句をいっている。

「そんなことしてるんなら一度帰って来て、こちらの仕事をしてくれないかしら……」

真理子さんは田辺少年からの依頼内容を伝えた。大島ちゃんは熱心に聞いていたくせに、真理子さんが話し終えると「くだんねー」と無情にいった。

「くだんねーって……」

真理子さんは憤慨する。真理子さんが怒ったり嘆いたりすると大抵の場合は無視されるのだが、このたびも大島ちゃんは軽薄に鼻を鳴らした。

――だったら、真理子が調査してやったら？

「はあ……？」

――真理子が、探偵やったらいんじゃねーの？

「え……？」

真理子さんがどぎまぎしているうちに、大島ちゃんは「本、早く送れよー」といって通話を切ってしまった。

あたしが探偵……？

真理子さんは両手で頬を押さえて、脳裏に浮かんだロマンチックな空想を見上げるように天井を見た。いろんなヒロインの雄姿が、瞼に浮かぶ。『アイフル大作戦』の小川真由美《おがわまゆみ》とか、『こちらブルームーン探偵社』のシビル・シェパードとか。

服を買わなくては……。髪型を変えようかしら……。

鼻歌を歌いながら、キャビネットの扉を開けた。書棚代わりのここには、大島ちゃんの漫画やバイクの雑誌、真理子さんの料理本と旅行の本とファッション誌、そしてなぜかＶＨＳのホラービデオがぎっしり詰まっている。

大島ちゃんに頼まれた本は、『走馬灯』という退屈そうなビデオと『マシュー・ペリー自慢話集』というあまり読みたくない本の間にはさまっていた。

＊

「大島さんったら、勝手なんだから……」

大島ちゃんが「真理子が、探偵やったらいいんじゃねーの？」などといったのは雑用を押し付けたつもりだったのだが、それですっかり探偵になったつもりの真理子さんは本業の雑用をこなすのが不満に思えてきた。麻雀の本ばかり送らせて、大島ちゃんはいったい何をしているのか……。

蓼食村《たでくうむら》の村長の跡取り息子の奥さん、という人が訪ねてきたのは先々週のことだった。仕事を依頼するためである。依頼内容は旦那の浮気調査。村長の跡取り息子が浮気をしているらしいと、奥さんは疑っている。街の探偵に調査を頼むように背中を押したのは、村長だったとか。舅《しゅうと》がお嫁さんの味方をするとなると、息子の立場は崖っぷちか。

いや、たそがれ探偵社は超常現象にかかわる依頼しか受けない。なぜならば、その手の事件を解決した場合のみ、国からの補助金《ボーナス》が得られるからである。詳細は閻魔庁《えんまちょう》の公式ウェブサイトに掲載されている。ただし、閻魔庁の公式ウェブサイトには、滅多《めった》に辿《たど》り着けない。検索エンジンでもヒットしないし、URLで探しても大抵の場合は「おさがしのページはみつかりません」という類のメッセージに阻まれる。

では、どうしてこの依頼を引き受けることにしたのか。

すげー金持ちのスポンサーに頼まれちゃってさ。おれ、バイク欲しかったんだよね。とのこと。金持ちのスポンサーとは村長のことなのか？　だとしたら、村長といわないのはなぜ？　という問いに答えることなく、大島ちゃんはそれからずっと蓼食村に行ったきりである。

玄関のブザーが鳴って、ドア越しに「郵便局です。お荷物の集荷に来ました」と、低く野太い声がした。アクション映画の主役の吹き替えみたいな声だ。

出てみたら、声によく似合った筋骨隆々のアメリカンコミックのヒーローみたいな郵便局員が居た。盛り上がった筋肉のせいで、制服が今にもはちきれそうだ。

「外に怪しいヤツが居るぞ」

帽子のつばの下から、逞《たくま》しい郵便局員の眼が鋭く光った。

「え……？」

廊下に出て、階段脇の窓から街路を見下ろすと、確かに怪しい男がこのビルの入り口の辺りでうろうろしていた。手には一本の薔薇の花を持ち、その手を胸の前で組み合わせたり、胸を張ったり肩を落としたり、うなだれたり空をあおいだりしている。

そして上を見上げたとき、窓から見下ろす真理子さんと目が合った。

「あ……」

真理子さんの美しい顔が、パッと輝いた。怪しい男も、サルバドール・ダリに似た髭をぴくぴくさせて、やはり「あっ！」という形で口を丸く開けている。変に睫毛の濃い目をぱちぱちさせて科《しな》を作った後、手に持った薔薇をこちらに向かってかかげてから、それを胸に当てて恭しく会釈した。あの人形売りの紳士であった。いかにも怪しげな挙動に、通りすがりの奥さん方が白い目を向けている。

真理子さんはわき目もふらずに階段を駆け下りると――エレベーターを待つという発想はなかった――「開放厳禁」という貼り紙のあるガラスのドアをドラマチックに開けた。

「やあ」

人形売りは少しわざとらしく笑うと、薔薇をこちらに差し出してくる。

「今度の休み、ピクニックなどご一緒できませんでしょうかな?」

人形売りは、堂々と落ち着きのある態度でそういった。真理子さんが照れたり喜んだりしているのを、スーパーヒーロー然とした郵便局員が鋭い目つきで睨み、スーパーカーみたいな速さで走り去った。

2　探偵の第一歩

田辺少年の依頼を受け、真理子さんは問題のクラスメートが居る瀬界町へと向かった。

国道から市民公園に至るまで、町内の真ん中を背骨のように商店街が延びていた。その一角にある小学校に、少年と変わってしまったというクラスメートが通っている。

田辺少年とは、学校の向かいにある「タコ増」というたこ焼き屋で待ち合わせた。一舟五〇円という恐ろしくリーズナブルな価格設定のたこ焼き屋で、少年は真理子さんにそれを奢《おご》るといい張った。というのは、実は例の変わってしまった女の子が同行していて、少年は彼女にもたこ焼きを奢りたかったのだ。ところが、相手がきっぱりと自分の分を精算しようとするので、彼はムキになった。

「この人はぼくの親戚なんだけど。この人にも奢るから、ホシナもぼくに奢られるべきだ」

と、よくわからない理屈をいう。

ホシナさんは、寛容にほほ笑んだ。

「田辺くん、気持ちはありがたいけど、子どものうちにお金を貸し借りする癖をつけるのは、感心しないわよ」

といって、古風で乙女チックな感じのするビーズのがま口から五〇円玉を出すと、さっさと帰ってしまった。

「信じられない」

田辺少年は愕然《がくぜん》とする。通常ならば、ホシナさんは彼を冷蔵庫やレンジ代わりにしているという。容赦なく食べ物をたかるという意味か。ＡＴＭ代わりよりはずっと可愛いわ……と、真理子さんは自身がＡＴＭ代わりだった遠い過去を振り返りながらつぶやいた。

「活発で利発そうな子ね……」

店先で、たこ焼きを頬張りながら、ホシナさんのことをそんな風に評した。少年のようにすらりとした体軀《たいく》と短髪、愛嬌《あいきよう》のある顔立ちはいかにも誠実で利口そうに見えた。宿題を忘れないタイプだ。そういうと、少年は暗い表情でかぶりを振った。

「確かに、ホシナは前からすごく活発だけど、決して利発じゃない」

好きな女の子に対して、なかなか失礼な指摘である。そんな田辺くんは、利発ではあるが、活発な少年ではないようだ。

二人はタコ増を出ると、商店街を南の方角に向かって歩いた。ずっと先に、すたすた歩くホシナさんの後ろ姿が見えた。商店街は大層にぎわっていて、まるでお祭りみたいだ。

「お祭りじゃないですよ。ここは、いつもこうなんです」

手回しオルガンの大道芸人とか、バナナのたたき売りも居る。これは立派にお祭りだと思うのだが、行きかう人たちは田辺少年のようにいかにも普段通りといった様子だ。主婦たちは買い物と立ち話で忙しそうだし、猫は昼寝、中高生は買い食い、小学生は駆けっこに余念がない。迷子が泣いているので、真理子さんはつい先ごろの図書館での騒動を思い出した。それで声を掛けるのをためらっていたら、母親らしい女の人が駆けて来て、子どもを叱ったり謝ったりした。一人で行っちゃったら、ダメでしょ。ゴメンね、ママが目を離したせいね。

「やっぱり、ホシナは変だ」

田辺少年はこぶしを振って力説した。

「お節介の権化だから、迷子を見て見ぬフリなんてできるはずがない。第一、ぼくのことを『くん』付けで呼ぶなんて、ありえない。それに、探偵さんはさっき宿題のことをいいましたよね。あいつが宿題忘れないタイプだって。でも、それは正反対なんです。あいつが宿題を忘れないなんて、今までに一度だってなかったことなんだ」

つまり、常に宿題を忘れる子だということ。真理子さんは、さすがに驚いた。

「なのに、最近のホシナは宿題をきっちりやってくる。クラスの皆も先生まで、不思議がっているくらいなんだ」

「でも、心を入れ替えて真面目な子になったのかも……?」

「あいつは真面目ですよ。でも、宿題はやらない。ぼくのことを呼び捨てにする。迷子を放っとかない。それがホシナなんです」

「でも……」

結論が出ないままに、少しだけ離れた場所からホシナさんの家を眺めた。保科家は住宅を兼ねた古めかしい文具店で、真理子さんは自分の小学生時代を思い出した。紅白帽をかぶってみたい……などと思っていると、つい今しがた帰宅したばかりのホシナさんが玄関代わりの店のガラス戸から出てくる。隣家のシベリアンハスキーが、その姿を見て長く吠えた。

「ん……？」

真理子さんは、つい身を乗り出して目を凝らした。

（確かに、変だわ……）

ホシナさんの影が、当人の姿とは違っているのだ。それは、シルクハットをかぶった異様に頭でっかちな格好をしていた。大きさもまた、小柄で痩せた小学生とはまったくちがって、でっぷりと横幅が広い。度外れて広い。なんだか横綱みたい……。いや、もはや着ぐるみみたいとさえいえる。真理子さんは、田辺少年の主張が間違っていなかったことを、ようやく認めた。保科蛍という少女は、確かにトラブルに取り憑《つ》かれているようだ。

＊

商店街の南の端にある市民公園で、真理子さんは改めて田辺少年の話を聞いた。たそがれ探偵社を訪れたとき、少年はホシナさんに異常が現れたのは遠足の後だといった。彼らが行ったのは、昔から一帯の小学校の徒歩遠足の定番となっているキャンプ場だ。郊外ではあるが、歩いて行けない距離でもない。

実のところ、人形売りからピクニックに誘われた真理子さんは、さっそくお弁当持参でデート兼現場検証に行ったのである。二人乗り自転車ですみずみまで見て回ったが、怪しい場所はなかった。一番に怪しかったのは、個性的なおじさんと美女の二人連れ——真理子さんたちだったかもしれない。

「あのキャンプ場、田辺くんはどう思った……？」

「ぼくは、当日の朝におなかが痛くなって、行けなかったんです」

少年は、もじもじしながらいった。真理子さんは、その様子を見守り「そういう子、居るのよね……」とほほ笑む。

そんなとき、通りかかった女の子たちが声を掛けてきた。いずれも、背中のランドセルがちょっと小さい高学年の女子児童三人。からかうように、こちらを見ている。

「田辺ー、どうしたのー？」

確かに、呼び捨てである。

「この人、親戚のおねえさん」

田辺少年は、そういって一層もじもじした。もじもじの理由は真理子さんがとても美人だったせいで、女の子たちもそのために目を輝かせた。真理子さんは同年配の女性には敬遠されるが、恋愛のライバルとはなり得ないローティーンたちは違う。少年が英雄に憧れるのと同じく、少女というのは美しい同性の大人を敬愛するものだ。

「こんにちはー」

「こんにちは……」

真理子さんに挨拶《あいさつ》を返されると、少女たちは嬉しそうにきゃっきゃっと騒いだ。

「こないだの遠足だけどさ、きみたちはホシナと同じグループだったよね？　ホシナ、どうだった？」

田辺少年が尋ねると、女の子たちは揃って「キャハ」と甲高い声を上げる。

「田辺ってさ、ホシナのことが好きなんだよねー」

「そんなこと、ないよ」

田辺少年はムキになったけど、クラスメートたちは取り合わなかった。さんざんに冷やかした後で、遠足のことに話を戻した。

「別に変ったこともなかったけど」

「帰り道もね」

「帰り道……？」

「うちに帰るまでが遠足だっていうでしょ？」

「そういえば――」

一人が、眉を寄せて考え込むような顔付きになる。

「この人、財布を落としてさ」

といって、となりに居た背高の子を肘で突っついた。遠足が終わり、先生から「家に帰るまでが遠足」だといわれて、三々五々に家路についた。保科蛍とこの三人の少女たちは、遠足の延長気分で商店街のたこ焼き屋に行った。さっき真理子さんたちも立ち寄ったタコ増である。皆、近くの子ばかりなのに、おとなしく帰る気はさらさらなかった。

ところが、そのタコ増にてハプニングが発生する。一人が財布を無くしたといい出して、皆で来た道をもどって探すことにした。来た道とは、キャンプ場まで続く果てしない道である。

しばらくして、財布を失くした子の電話が鳴り、リュックサックを掻きまわしていたら、当の財布が出てきた。お弁当箱とポーチの死角に入り込んでいたのだ。友だち三人は「なーんだ」とか「ドジだなあ」とか文句をいって、再び帰路につく。

電話、だれから？　おかあさんから。今日残業だから店屋物とれって。いいなあ、何を取るの？　たぶん、ふたば食堂の天津飯《てんしんはん》――。そんな話をしながら、四人は毛ほども疲れをみせずに、どんどん歩いた。キャンプ場まで逆戻りする気だったから、けっこうな距離まで行ってしまっていたのだ。

その揚げ句、近道をしようといい出して、慣れない方に入り込んだ。そこでまた道に迷ったのだけど、四人はまったくメゲなかった。電柱に貼り付けてある町名には覚えがあったし、山の中とか砂漠じゃないんだから、ちょっとくらい迷ったって平気だと思っていた。

そんな調子だから、思いがけず遊園地に行きあたってしまったときは、躊躇《ちゅうちょ》なく中に入った。徒歩遠足を歩ききり、財布を求めて延々と引き返した後で、遊園地で遊び始めるとはなかなかの鉄人ぶりだ。

「その遊園地って、どこにあるの？」

「海原川《うなばらがわ》。郵便局の通りを南の方に行くとすぐ。となりに、バーバー馬場《ばば》っていう理髪店があるの」

「なんか、笑うよね、バーバー馬場」

女の子たちは、口々に「バーバー馬場」と唱えて、笑いさざめく。

「うちの事務所の近所じゃないかしら……」

思わず口をはさんだが、真理子さんは近くにそんな場所があるなんて知らなかった。遊園地ならデートにいいかも……などと思いつつ、デートの相手である人形売りの紳士の名前を、まだ聞いてなかったことに気付いた。

(あたしったら、本当にうっかりしてるわ……)

そんなことを思っているそばで、少女たちは口々に遊園地のことを話していた。ボロいけど、案外と面白かった。マスコットキャラが可愛い。うそ、ダサイじゃん。小学生以下ならタダってのが最高——などなど。

財布を失くして見つけた子が、塾の時間だというので、あまり長居はできなかった。当初の楽観的な見通しのままにあっさりと地元まで帰って来ると、四人は本拠地である商店街で別れてそれぞれ帰宅した。

「その遊園地が、怪しいと思います」

女の子たちが帰った後、田辺少年は意気込んでいった。

「ホシナに何かがあったのなら、遠足帰りの寄り道の間だと思うんです」

「あたしも、それは賛成……」

保科蛍の影に生じた異変を見てしまった以上、「変なことが起こっている」という田辺くんの主張は信じるべきだと思う。遠足で行った先に怪しい点がないから、帰宅前の寄り道に原因を求めるのは自然だ。

「タコ増での買い食いや財布探しは無関係だと思うんです。だけど、遠足帰りに遊園地で遊ぶなんてこと、今の真面目なホシナだったら絶対に反対するはずです。『皆、早く帰って宿題しなくちゃダメでしょ』とかいって。だから、寄り道の最終段階である遊園地で、皆と別れる直前に何かがあったはずなんです」

田辺くんは、自分の方が探偵みたいに鮮やかな推理を展開する。真理子さんは「すごい……」とか「ホームズっぽい……」などと感心し、少年もまんざらでない顔をしたが、塾の時間だといって帰って行った。変身したホシナさんに負けず、真面目な子だ。

夕飯のお惣菜でも買って帰ろうと、商店街に引き返す。ふと、思い立ってホシナさんの自宅に続く小路へと足を向けた。

細い道とその先の陰気な児童公園から、まっすぐに西日が射していた。保科文具店の引き戸の辺りは、逆光になって暗い。乾いた地面を、落ち葉というにはまだ早いのに、広葉樹の枯れた葉っぱが数枚、からからと小さな音をたてて道を転がってきた。

それに気を取られたとき、文具店の引き戸が開く。

現れたのは文具店のお客でもなく、保科家の家族でもなく、問題の少女だった。店先のプランターに水をやるべく、緑色をしたプラスチックの如雨露《じょうろ》を持っている。

真理子さんはドキリとしたが、気を取り直して歩み寄った。こつこつとヘップサンダルのかかとが鳴り、ホシナさんの目の前で小石につまずいて転びかけた——これは演技ではない。

「大丈夫ですか？」

ホシナさんは驚いた声で訊いてきた。真理子さんはよろけたせいで視線が下がり、相手の足元に伸びる影を見た。シルクハットをかぶった太っちょではなく、西日に伸びた少女の影が両足にくっついていた。

「あの、あのあの……。この辺りにゴンダワラライゾウさんのお宅、ありませんかしら……」

咄嗟《とっさ》に、居そうもない名前をひねり出す。

「権俵雷蔵《ごんだわらいぞう》さんですか。ここをまっすぐ行って、少し広い道路を右に曲がって、アパートのとなりの白い壁の家です」

え？　ゴンダワラライゾウさんって、居るの？　真理子さんは美しい目をぱちくりさせてから、慌ててほほ笑んだ。美人の笑顔というのは、もう無条件に輝かしいもので、ホシナさんもつられて笑った。でも、それはやけに大人びた分別のある笑顔だった。迷える凡人を見おろす賢者のまなざしのようだ。

真理子さんはそそくさとお礼をいって、権俵雷蔵氏宅へと急ぐフリをした。驚いたことに、権俵家の筋向いが田辺少年の家だった。

（そっか、幼なじみなのね……）

　家族みたいな付き合いならば、なおさらホシナさんの変化には気付き易いだろう。少年がホシナさんの欠点も含めて「好き」だからこそ、変わってしまったことを敏感に察知できたのだ。家族や学校の先生ならば、「最近、あの子もきちんとしてきた」なんて喜んでおしまいかもしれないけど。

　などという経緯を、即座に大島ちゃんにメールで報告した。探偵業に不慣れであるため、何が重要なのか判断がつきかねるので、くどくど事細かに書き連ねてみた。そんな長文をスマホに打ち込む速度は、チャンピオン級である。しかも、真理子さんのスマホは、安っぽくてキラキラするビーズやアクセサリーで飾り立てられていて、手に持っただけでやけにチクチクする。

　驚いたことに、五分もしないうちに返信があった。

　――ま、いーんじゃね？

　大島ちゃんの返事は、その一言。ちゃんと読んだのかは神のみぞ知る、である。

＊

　海原川でバスを降りた。

お彼岸《ひがん》を過ぎてからはすっかり陽が短くなり、昼間はまだ暑いけど、こんな暗がりに吹く風はひんやりしている。つい最近まで盛んに鳴いていた秋の虫も、気付けばどこやら元気がない。

そう感じてしんみりしていたら、お祭りみたいに威勢の良い声が響いてきた。いや、これは喧嘩の声だ。大人数の険悪な言葉が、わいわいと聞こえ出す。

そこは、煌々《こうこう》と明るい一角であった。

寺とも神社ともつかない広々とした白亜《はくあ》の建物が、これまた真っ白な光で盛大にライトアップされている。学校の校庭くらいある敷地には、白い象やら、白い蛇やら、ぞろりとした長い衣装の女性の像やらが、パッと見では無秩序な感じで配置されていた。像はお金がかかっていそうなのに、あまり素敵ではなかった。『月華天地《げっかてんち》の会』という大きな看板が出ていて、それが何の会なのかはわからないのだが、真理子さんはこれまでそこに人が出入りしているのを見たことがなかった。

でも、今日は人だかりがしている。しかも、いい争いをしている。その大多数は、鮮やかな薔薇色の作務衣《さむえ》を着た老若男女だった。薔薇色作務衣の人たちは大方は無口で、主に大声を発しているのは、太った中年婦人とやせた中年紳士の二人だった。この人たちは外部の人間らしく、薔薇色作務衣ではなく普通の私服姿である。

おじさんとおばさんは、薔薇色作務衣の人たちに向かって「金を返せ」やら「謝れ」というようなことを頻《しき》りと訴えていた。真理子さんは広くもない道路を挟んだ暗がりに佇み、子どもみたいなきょとんとした態度で見守った。この奇妙な場所に人が居るのも珍しいし、それを面白がるべきか、喧嘩を心配するべきか判断が付きかねた。

でも、いい争いがもっと険悪な様相を呈し始め、薔薇色作務衣の人たちがまるで押しつぶす壁みたいにぐんぐんと二人に迫り出すと、真理子さんも緊張せずにはいられない。

「ソントクソントクソントクソントクソントクソントクソントクソントク――」

薔薇色の人たちは、口々にそういい出した。意味はさっぱりわからないが、強い敵意を感じる。

おじさんとおばさんはたじろぎ、しかしますます神経を逆なでされたらしい。「なによ、やる気？」とか「怖くないぞ、この野郎」とか、もはや険悪なだけであまり意味をなさないことを喚き出した。

「ソントク！　ソントク！」

薔薇色作務衣たちの声もいよいよ怖くなったので、真理子さんは思わず駆け寄ってしまった。

「喧嘩はいけません……」とおじさんおばさんに向かっていい、「ソントクとかって、意味わかりません……」と薔薇色作務衣たちに向かっていった。おじさんもおばさんも薔薇色作務衣たちも聞き入れる様子はまるでなく、殊に薔薇色の方がいっせいにこちらに手を伸ばして来たので、真理子さんは二人を引っ張って逃げ出した。

「キャーキャーキャー……！」

おじさんおばさんは気が立っていたから、真理子さんの身も世もない悲鳴を聞かなければ、まだその場にとどまっていたかもしれない。ともあれ、かつて諍《いさか》いの末に殺害された経験まである真理子さんは、洒落《しやれ》にならない危険というのを知っていた。さっきの薔薇色作務衣の人たちの気配は、まさにそういう危険さだったのである。

「キャーキャーキャー……！」

たそがれ探偵社に帰り着くまで同じトーンで悲鳴を上げ続け、ドアを後ろ手で閉めると、ようやく人心地ついた。そして、傍らに居る中年婦人と紳士に問うような視線を向けてから、ようやく「ああ……」とこぶしをたたいた。逃げることに熱中するあまり、二人が一緒に居るわけもつい失念したのだ。

「ええと……」

ようやく二人から手を離すと、きまり悪そうに椅子をすすめた。ここまで連れて来て、「じゃあ、さようなら」というのも変な話なので、とりあえず目をぱちぱちさせて可愛い子ぶってみる。

おじさんは本庄《ほんじょう》と名乗った。個人タクシーのドライバーをしているという。おばさんは書道教室の先生をしている宮本《みやもと》という人で、二人は同じ海原川団地の住人だった。本庄さんの奥さんが宮本さんの友だちで、その奥さんが月華天地の会にはまった。

「げ……？」

「月華天地の会。さっきの連中だよ」と本庄さんがいうと、宮本さんが「怪しい宗教なのよ」と太った頬っぺたをますます膨らませた。

「宗教ですか。なるほど……」

信仰に縁のない真理子さんは、宗教と聞くと何やら怖い団体かもと思ってしまう。それは偏見なのだが、月華天地の会という集まりに関しては真理子さんの印象はあまり外れていなかった。早い話が集金目的のインチキな団体で、それなのに本庄さんの奥さんがそこに入信してしまい、お金をどんどん注ぎ込んでいるという。脅してもおだてても奥さんは聞き入れず、本庄さんたちはとうとう文句をいいに行ったとのこと。

「大変ですね……」

真理子さんは同情をこめて、そういった。この人たちは気の毒だし、奥さんも奥さんである。あんなド派手な色の作務衣を着ているとしたら、趣味が悪すぎ……などと少しズレたことを考えるのであった。

3　海原川団地

翌日、真理子さんは社用のママチャリに乗り、ホシナさんたちが遠足の後で寄り道したという遊園地を探しに行った。自転車は大島ちゃんがお客からもらってきた中古で、真理子さんがピンクのペンキで塗り直した。中古らしく、漕《こ》ぐとキコキコと音がする。ペンキを買いに行ったとき、このピンクと薔薇色のどちらにしようかと迷ったことを思い出した。月華天地の会の薔薇色作務衣の印象がひどく悪かったために、ピンクにしておいて本当に良かったと思った。――この時点では、月華天地の会そのものよりも、薔薇色の作務衣が美意識に適わないということの方が真理子さんには問題であった。――さりとて、真理子さん自身も、美人ではあるが決してセンスの良い方ではない。

（ええっと、ここを曲がって……）

目印の海原川郵便局は、曲がりくねった細い道沿いに建っている。この辺りは昔は畑の中にぽつんぽつんと家があって、ずいぶんと田舎だったらしい。この曲がりくねった道路も元は農道で、その当時からすでに使われていた。

(この先に遊園地なんて、あったかしら)

たそがれ探偵社の周辺しか歩かないから、少し離れればまったく不案内だ。加えて、町場みたいに区画整理されていないこの辺りは、くねくね道がダンジョンのように延びていた。行きはヨイヨイでも、帰りは迷う。自転車を止めて振り返れば、今まで見ていたのとはまるで別の道になっていそうな気がしてしまう。

でも、真理子さんは張り切っていた。遊園地とくればデートのメッカ。人形売りを誘って、またお弁当をこしらえて……などと、田辺少年の依頼そっちのけで画策している。今度こそ名前を聞かなくてはと思いつつ、彼にそっくりだった映画館の支配人の名前を思い出そうとして、なぜかどうしても思い出せなくて、密かに癇癪《かんしゃく》を起しそうになった。

第二の目印であるバーバー馬場の、赤と青の回転する看板が見えた。ではこの先が……と思って目を向けた先、遊園地は見当たらなかった。何かの間違いかと思い、近くを探してみても、それらしいものは見つからない。

寄り道の女児たちは、バーバー馬場のすぐ隣だといっていたはずだ。確かに、そこは広く開けた敷地だったが、遊園地とは似ても似つかない四階建ての四角い建物が並んでいる。

ピンクの自転車のカゴに入れた小さなバッグから、あの飾り立てられたスマホを取り出した。この一帯の地図を表示させると、バーバー馬場も見つかった。けれど、そのとなりに鎮座するのは遊園地などではなく、海原川団地だった。

(海原川団地って、どこかで聞いたような……?)

＊

海原川団地は、あの月華天地の会に奥さんがハマってしまった本庄さんが住んでいる場所だ。そして、いっしょに月華天地の会に文句をいいにいった宮本さんも、同じ団地で暮らしている。

ということを思い出したのは、当の二人がたそがれ探偵社を訪ねて来たからである。

真理子さんは傍らに読みかけの恋愛小説を置いて、飾り立てたスマホを睨んでいた。遊園地を探しに行ったことを、例によって長々と書いたメールを送ったところ、大島ちゃんからまったく怪《け》しからぬ返信が送られてきたのだ。

——温泉、最高！

やっぱり、仕事なんかしないで温泉三昧なのだ。こっちは、こんなに働いて苦労しているのに……と憤慨していると、ドアベルが鳴った。

もとより超常現象に関わる依頼しか受けないから、ここを訪れるお客はとても少ない。大島ちゃんが居るときでも、一ヵ月に一人でも来れば多い方なのだ。ところが開店休業中だというのに、先ごろの田辺少年に続き、今日もまた……。これでは開店休業ではなく千客万来ではないか……などと思いながら開いたドアの向こうには、痩せた紳士と太った中年婦人が居た。

「海原川団地の本庄さんと宮本さん……」

二人はやや強引に事務所の中に入り込んだ。手土産だというロールケーキを差し出して、お客然として依頼人用の応接セットに勝手に腰を下ろす。そこに読みかけの恋愛小説を置いていた真理子さんは、慌てて片付けた。

「先日は危ないところを助けてもらって」

二人は訪問の目的をそう説明したから真理子さんはひとまずホッとしたのだが、実はそれは話のまくらにすぎなかった。

「探偵なのよね、ここ」

宮本さんが、つやつや光る頬に底意の知れない感じの笑みを浮かべる。底意が知れなくても、そういわれたら続く言葉はやっぱり明らかだ。

「ここは、ちょっと変わった探偵社で……」

一般的な調査依頼は受けていないといおうとしたけど、二人は強引であった。

「まあ、そういわないで」

「だから、来たんだから」

「話だけでも聞いてほしい」

本庄さんと宮本さんは、やはりたそがれ探偵社に仕事を依頼しに来たのである。二人は、息の合ったテンポで話し出した。

「あの月華天地の会というのは、教祖がペテン師なんだよ」

教祖は比留間《ひるま》真空《しんくう》と名乗っている。いかにも怪しげな名前だが、当人だけは霊験あらたかだと思い込んでいるらしいと、本庄さんは憎々し気にいった。本人だけではなく、信者だってずいぶんと入れ込んでいる。あんな薔薇色の作務衣なんか着てるくらいだから相当だわ……と真理子さんは思った。

「ヤツは自分が超能力者だといって信者たちを騙しているが、嘘に決まっているんだ」

「教祖もタチが悪いけど、教祖の妻はもっと怖いのよ。手段をえらばない刺客なんだから」

「刺客って……」

物騒な話になってきた。

「ともかく、刺客なのよ」

刺客の妻の名前は、美代子《みよこ》というそうである。案外に普通の名前だと真理子さんは思った。でも、二人の頼みにはびっくりしてしまった。

「あいつらを、やっつけてもらいたいんだ」

「ええ……？」

「実は、うちの家内が出家するといって、出て行ってしまったんだよ」

「出家というと……？」

「月華天地の会のあの建物に住み込んでしまうということだ」

「それは、困りますよね……」

「困るよ、大問題だ。家内を連れ戻して、あんなヤツらをとっちめてほしいんだ」

「あわわ……」

本庄さんたちは、探偵というのは悪党の懐に忍び込んで、ときに秘密を探り出し、ときに狂暴な手下どもと戦い、最終的にはギャフンといわせるものだと考えているらしい。探偵小説とかアクションドラマ以外に、探偵と名のつくものを知らないのだ。いや、さすがに現実はもっと地味なものだとわかっているとしても、なんとなく悪の宗教団体くらいは壊滅させられると思っているらしい。

「それと、もうひとつ」

宮本さんが、太い人差し指を顔のわきに持ち上げた。

「うちの団地に、怪奇現象が起きているのよ」

「え……」

「玄関の呼び鈴が鳴るでしょ。でも、出てみると誰も居ないの。階段や廊下で、肩をたたかれるけど、後ろには誰も居ない。でも、そいつは居るのよ。足音もしてないし、逃げて行く気配もなかったのに、ずっと離れた場所に――」

そいつが現れるときは、いつもやけに寂しい感じがするという。一人で居ても自分の呼吸の音が聞こえるようなとき。それとも、だれかと話しているとその声がやけに「ぼわん、ぼわん」と響くとき、肩をぽんと軽くたたかれる。あるいは、腕をそっと摑《つか》まれる。どちらも、ごく親しい感じだ。まるで友人や知り合いが、ちょっとふざけてちょっかい掛けてきた、そんな気軽さなのだという。

それで、こちらもふと振り向く。「だれだい」とか「なによー」みたいに、笑いかけながら。でも、そこにはだれも居ないのだ。いや、一瞬で移動出来たとは思えないくらい向こうに、そいつが居る。廊下のずっと先とか、階段の出入り口に。

その姿は、異様だ。体長は二メートルを超すのではないか。人間の平均的な背丈を優に超えている。極端に大きな頭には極端に大きなシルクハットをかぶっていて、その姿は大いに肥満している。幼児体形なのだ。というか、着ぐるみなのだ。

「着ぐるみ……？　なぜ……？」

可愛らしくて親しみやすいはずの着ぐるみが、シン……とした団地の廊下を、音もなく高速で逃げてゆく様子を想像した。可愛いと親しいに「怪しい」が加わると、それはひどく不気味なものに変わるように思われた。たとえば、一般的な不審者よりも(不審者自体があまり一般的ではないが)、可愛い不審者の方がもっと感じが悪いというように。

「あいつは、フーゴくんなんだよ」

「え、フーゴ、くん……？」

「竜宮《りゅうぐう》ルナパークのマスコットさ」

そういわれても意味がわからず、真理子さんは形の良い眉毛をキュッと寄せた。

「だからね。わたしらが住んでいる海原川団地は、竜宮ルナパークという遊園地の跡地に建っているんだ」

「遊園地……」

真理子さんは両手で自分の頬を包んで、しきりと目を瞬かせた。ホシナさんと三人の少女たちが、遠足の後で迷い込んだのも遊園地だった。その場所を訪ねて行った真理子さんは、目指す場所に遊園地ではなく海原川団地が建っているのを見た。

ならば少女たちが遊んだ古ぼけた遊園地とは、今はもうそこにない竜宮ルナパークなのか？

（そんな馬鹿なことって……）

あるわけないけど、そもそもあるわけがない事件を扱うのが、たそがれ探偵社である。あるわけがなさそうなことは、案外とあるものなのだ。

田辺少年の出した結論として、ホシナさんに何かあったのは、遊園地にほかならないという。その影がシルクハットをかぶった太っちょに変わっているのを、ほかならぬ真理子さん自身も見ている。それこそが、フーゴくんという着ぐるみの影。フーゴくんは、失われた遊園地のマスコットキャラクターで、海原川団地はその遊園地の跡地にある。

「ね、超常現象でしょ？」

「はい、確かに……」

「引き受けてくれるわよね？　丸ごと、全部、完全に」

「ええ、もちろん……」

真理子さんは、力強くうなずいた。

海原川団地の二人が帰った後。真理子さんはお土産のロールケーキを、いそいそと皿に載せる。「丸ごと、全部、完全に」なんていっていた宮本さんの真剣な顔を思い出して、可笑しくなった。傍らに紅茶を置き、「いただきます……」と両手を合わせたとき、その動作がふととまった。

（なにか、重大な失敗をしたような……）

さりとて、これといって思い当たることもない。

（まあ、いいか……）

小さなフォークで切り分けた小さな欠片を口に入れた。まろやかな甘さが、束の間、真理子さんをこの世のありとあらゆる苦悩から解放した。でも、右上の犬歯の辺りがズキンと痛み、陶酔《とうすい》は瞬時に消える。同時に、重大な失敗が何なのか今度ははっきりとわかった。

「大変……」

真理子さんは、海原川団地の怪異について調べることを請け負った。しかし、依頼はそれだけではなかったのだ。あのセンスの悪い薔薇色作務衣を着た人たち――あの感じ悪い月華天地の会をやっつけることもまた、顧客要求事項の一つだったのである。

「ヤッバーイ……」

だから、宮本さんはわざわざ「引き受けてくれるわよね？　丸ごと、全部、完全に」なんて、しつこいくらいに念押しをしたのだろう。

一つ目の依頼は引き受けられない。自分には、そんなスキルはない。そっちの方は断らなくては……。窓辺に駆け寄った。二人がまだ近くに居るのではないかと思って。

でも、二人の姿はとっくに消えていた。それなのに真理子さんが落胆しなかったのは、スーツの良く似合うイケメンが、長い脚ですたすたと行き過ぎるのが見えたからだ。真理子さんは男性の趣味が良いとはいえないのだが、美男子がきらいなわけではない。それどころか、こうして遠くから垣間見るだけでも、すっかりご機嫌になってしまう。

だから、筋向いのスナックの電飾看板の後ろから、ジトリと暗い執念をたたえた人物がこちらを見上げているのに気付かなかった。その人は、平凡で真面目な感じのする、若い男性だった。誠実な雰囲気に刈り込んだ頭髪、目立たないけど趣味の好いスーツ、感じ良く整っているのに印象に残らない顔だちは、彼の存在感を空気やニュートリノのレベルまで下げていた。

でも、その全身から発する暗く後ろ向きな気配は、注意深い人ならすぐに気付いただろう。しかし、四階の窓から見下ろす真理子さんは、特別に気働きに優れているというわけではなく、往来の人たちもまたこの目立たない青年の存在に気を取られることはなかった。

*

真理子さんはため息をつきながら、キラキラと飾り立てたスマホを取り出した。

宮本さんが「引き受けてくれるわよね？　丸ごと、全部、完全に」としつこく念を押したとき、「ええ、もちろん……」と答えてしまったのは、動かしがたい事実だった。一度引き受けたものを「やっぱり、駄目です……」なんて撤回するのは、かなりひどいことだと思う。

（怨霊になるくらい、ひどいことだわ……）

思えば江戸時代の冒険怨霊物語『南総里見八犬伝』で暗躍する怨霊の玉梓《たまずさ》は、悪事をしでかした後で命は助けてやるといわれて喜んだ矢先に、「やっぱり、死刑です」と宣告され、カンカンに怒って怨霊になってしまった。前言撤回とは、それくらい人を傷つけるものなのである。今回のことは死刑をいい渡すほどではないにしても、かつて怨霊だった真理子さんには――。

「でもでも、無理なものは無理だもの……」

悲しそうにつぶやくと、のろのろとスマホを操作した。月華天地の会をやっつけることはひとまず置いておき、海原川団地の怪現象に取り掛かろう。そうするうちに、大島ちゃんが蓼食村から帰って来るかもしれない。そう思いながら、竜宮ルナパークを検索した。

それは、ごくマイナーな情報であるにもかかわらず、あっさりとヒットした。

竜宮ルナパークとは、かつてこの竜宮市にあった遊園地である。一九六〇年四月に開業して、一九九九年七月に廃業となった。

（ノストラダムスの世界滅亡の予言のときね……）

奇しくも、そのとおりである。

小規模な遊園地だが、一帯には行楽施設が少なかったこともあり、開業当時はなかなかの人気を博した。メリーゴーランドや、ジェットコースター、ティーカップ、豆列車、ゴーカートなど定番のアトラクションに加え、『真空超能力のやかた』やトラウマになると謳《うた》われた迷路が評判の『恐怖のやかた』、かのフーゴ・ハッセの企画を再現したという『人魚の泉』などは、本邦でも指折りの呼び物であった。ことに、『真空超能力のやかた』は、専属マジシャンの比留間真空による手品を超えた超イリュージョンで――。

そこまで読んで、真理子さんは「ん……？」と細い小鼻を広げた。

比留間真空とは、あの月華天地の会の教祖の名前ではなかったか？

慌ててスクロールしたら、そのとおりのことが記されていた。

月華天地の会と竜宮ルナパークは、切っても切れない関係にあった。なんとなれば、月華天地の会の前身は『竜宮ルナパークの復活を求める会』だったのである。

復活を求める会の誕生の動機と活動内容は、その名のとおり竜宮ルナパークの復活を求めることだ。当初の責任者は、竜宮ルナパークのオーナーだった清水《しみず》目草蔵《めそうぞう》氏。

ところが、同志である比留間真空の力が強くなり、それにつれて活動目的に変容をきたした。なぜか、比留間の超能力ヒーリングを主軸とする宗教団体になっていったのである。

初代責任者だった清水目氏が会を離れたのは、竜宮ルナパークの復活を求める会が、復活などそっちのけにし出したから愛想を尽かしたとも、会を乗っ取った比留間に追放されたのだともいわれている。

（マジシャンが超能力者って……）

さすがに呆れた。超能力っぽい離れ技はマジシャンの独壇場だろうけど、それが本気で超能力者に転身するのは、いささかおこがましくないか？　それが宗教の教祖になってしまったとは、もう大変におこがましい。でも、あの薔薇色作務衣の信者たちは、そんな元マジシャンの教祖を本気で信じている——らしい。

人の気持ちも考えも、いろいろあるものだわ……。そんなことを考えていたら、電話が鳴った。宮本さんからである。

——あの件だけど、本当にちゃんと引き受けてくれるのよね。

ちゃんと、とはフーゴくんの怪奇現象と、月華天地の会をやっつけることの両方という意味だろう。竜宮ルナパークと月華天地の会の関係が明らかになった以上、片方が良くて片方が駄目とは、いよいよいえなくなった。

「もちろんです……」

真理子さんは、自信のない声でそう答えた。

通話を切ると同時に、メールの着信がある。今度は、本庄さんからだった。

――海原川団地の怪奇現象、ならびに月華天地の会からの愚妻の奪還をしっかりとお願いいたします。

押しに弱い真理子さんは、こうなったらもう「イヤ……」なんていえない。

4　包囲網

読みかけの恋愛小説を置いて、真理子さんは気を取り直すようにすうっと息を吸った。

レースとフリルと刺繡《ししゅう》で彩られた、ほとんど本来の役目を果たさないような華美なエプロンを着け、事務所の隅の小さな炊事スペースに立った。

スチールのラックの中に、ビジネスホテルの備品みたいな小さい冷蔵庫がある。その中から牛乳とバター、そして卵を取り出した。小麦粉とグラニュー糖も用意してある。

「ふんふふーん……」

鼻歌など歌ってみる。

真理子さんが何をしているのかというと、シュークリーム作りだ。どうしてシュークリームを作るのかというと、現実逃避なのである。

悪徳宗教団体をやっつけるなど、考えるまでもなく真理子さんの手に余る。大島ちゃんが早めに帰って来たとしても、やはり「無理」といわれると思う。そういうのは、警視庁とかFBIとかジェームズ・ボンドがするべき仕事であって、雑居ビルの狭い事務所で幽霊関係の小さな仕事をしている探偵には、到底扱いきれるものではない――などと叱られるだろう。

真理子さんがかつて交際した幾人かの恋人や愛人たちと違い、大島ちゃんは女性に暴力を振るわないので、まだ助かったといえる。でも、恋人でも愛人でもない人間から「バカじゃねーの?」とか「使えねーヤッ」なんてげんなりした声でいわれるのは、プライドが傷つくのだ。真理子さんのプライドは、かなり少な目ではあるが。

かといって、大島ちゃんが戻る前に月華天地の会をコテンパンに叩きのめして、騙された信者たちを助けだし、怪しげな教祖に反省させるなど――。

「ああ、もう、そんなの絶対に無理……」

三十分後、カスタードクリームはダマになってしまい、焼いているときはうまく膨らんでいたシューも、オーブンから出したとたんに空気の抜けた風船みたいにへなへなとしぼんでしまった。

「…………」

真理子さんは無言でうなだれ、油っぽくなってしまったシューを指でつんつん突いた。

可愛らしく飾った爪が、油に濡れてきらきら光る。それがどんな効果をもたらしたのかはわからないが、真理子さんのしおれた表情がスッと晴れた。

「やってやるわ。ええ、あたし一人で……」

なぜか突然に「千万人といえどもわれ往《ゆ》かん」という固い決意が胸に湧いたのである。やる気を出したといえばいえるのだが、昔の人が見たら「狐が憑《つ》いた」なんていい出したかもしれない。大島ちゃんがここに居たら「真理子、変なもの食ったんじゃねーの？」などといったことだろう。実際、真理子さんはしぼんで油っぽくなったシューにダマの出来たカスタードクリームをつけて、むしゃむしゃ食べている。

＊

バスで市役所に行った。都会や大きな地方都市では、鉄道と共用のＩＣカードが使えるらしいが、竜宮市のバスはまだバス会社ごとに別のプリペイドカードを使うことになっている。

真理子さんが習慣的に使っているのは最少額千円分のカードなので、よく「残高不足」のアラートを鳴らしてしまう。いつもならば予備のカードを用意しているのに、今日は財布を出そうとバッグを掻きまわすところから始まり、小銭がないやら、両替やらと大いに手間取ってしまった。市役所前のバス停は乗降客が多くて、すっかり顰《ひん》蹙《しゅく》を買った。

（メゲちゃだめ……）

自分を鼓《こ》舞《ぶ》しながら、駐車場の隅っこにある歩道を進んだ。竜宮市はもう何年も前から「浦島太郎《うらしまたろう》で街おこし」を謳っていて、市役所の正面口には乙姫《おとひめ》さまの顔出しパネルが飾ってある。市役所に来る用事などあまりない真理子さんは、これを初めて見た。

「…………」

思わず立ち止まってしまう。乙姫の顔に自分の顔をはめて、写真が撮りたかったのだ。

「お嬢さん、写真を撮ってさしあげましょうか？」

そう声を掛けられた。

驚いて振り向くと、すぐ近くに外国人の老紳士が居た。とても高齢に見えたが、矍《かく》鑠《しゃく》としている。形の良いダークスーツに山高帽を合わせ、カイゼル髭を生やして、大物俳優みたいな存在感がある。カイゼル髭とは端っこをちょんと尖らせた偉そうな形の髭だが、真理子さんはそういった髭のことを幼少時から「社長さんの髭」と呼んでいた。

「ご遠慮など、なさいますな」

流暢《りゅうちょう》にも古風な日本語である。

「は、はい……」

なんと親切な、と真理子さんは感激した。まるで外国映画に登場するジェントルマンのようだと思うにつけ、真理子さんは自分も貴婦人にでもなったような気がしてくる。

「ぜひ、お願いします……」

かつて夜の街に勤務していたときのように、ついつい科を作ってスマホを手渡した。乙姫さまのパネルは裏側から見るとただのベニヤ板で、そこに穿《うが》たれた楕円形の穴に顔を入れた。変な格好だったけど、顔の美しさは七難隠す。

西洋紳士に「ハイ、チーズ」と声をかけられ、真理子さんは世にも美しい微笑を浮かべた。

「はい、もう一枚。1＋1は？」

「にぃー……」

西洋紳士はもの馴《な》れた様子で、ベニヤ板の乙姫さまを画面に収めた。高齢者であり

ながら、スマホなどというハイテク機器にもおたおたしないところが、小粋ね……と

真理子さんは思った。長らくそこで忘れ去られていた顔出しパネルから顔を出して喜

んでいる奇特な美女の、そのあまりにも麗《うるわ》しい顔《かんばせ》に、通りすがる人たちは思わず立

ち止まった。

*

乙姫顔出しパネルですっかり気を良くした真理子さんは、意気揚々と重たいガラス戸を押して、段差だらけの古いロビーへと踏み込んだ。職員も利用客も一様に自分の目的地を心得ていて、迷いもせずに行きかかっている。入ってすぐにうろうろし出すのは、真理子さんだけだ。

あっちこっちを覗いたり、貼り紙を読んだりした揚げ句、また正面口に引き返した。カウンターというよりはごく事務的な長卓に、若い女性が二人ちょこんと並んで座っている。ミスコン受賞者みたいなピンクの制服を着て、ピンクのふちなし帽をかぶっていた。この二人が受付職員であるとようやく気付いて、真理子さんはおっかな

びっくり話しかけた。女の敵である真理子さんは、容姿の優れているこうした女性から無条件に敵視されることが多いのだ。

「どうされましたか？」

しかし、ピンクの制服の彼女たちは、友好的にほほ笑みかけてくれた。

「あの……。竜宮ルナパークについて知りたいんですけど……」

真理子さんが尋ねると、ピンクの制服の二人はきょとんとした。竜宮ルナパークというものがあまりにも縁遠い代物で、それっておいしいの？　などというレベルだったのだが、しかしそれも無理からぬことだった。

竜宮ルナパークは地元でも知らぬ人は知らぬ遊園地だし、一九九九年の七月には閉園している。このお嬢さん方は、まだ生まれていないか、生まれていたとしても赤ん坊だったろう。

「ですから、竜宮ルナパークというのは、かつて竜宮市にあった遊園地で……」

ネットで調べたことを説明しながら、真理子さんは（あたしの方が、知りたいんだけどなあ……）と思った。

「ああ、遊園地ですか。それなら、観光課へ」

ピンク制服のお嬢さんのうちの一人が、真理子さんの説明を遮ってそういった。

「東棟の三階の、奥から二番目の――」

親切げに話しながら、彼女の笑顔の下に少しだけ敵意が浮かんでいた。

＊

高度経済成長期に建った市役所の建物は、いかつくて段差が多くて、あまり使い勝手がよくない。建て替えの話がかれこれ百遍くらい立ち上がっているが、そのたびに予算不足でうやむやになっている。

採光の足りないコンクリートの階段をのぼりながら、真理子さんは三階に向かった。踵の細いヘップサンダルと階段は相性が悪いけど、気にせず昇った。海でも山でも霊界でも、真理子さんの足は常にこの歩き辛くてキラキラしたサンダルをつっかけている。

平凡なトラバーチン模様の天井からぶら下がる案内用のプレートが、窓からの風で揺れていた。窓口に居並ぶ若い女性職員たちが、真理子さんの通るのに合わせて次々と顔を上げ、キッと睨んでから仕事にもどる。それに気付かないのか馴れているのか、真理子さんは気にとめることなくいそいそと通路を進んだ。

そんな具合に妙齢の女性の多くに敵視される真理子さんだから、目指す観光課で応対してくれたのが、妙齢の女性でなくて助かった。それは、妙齢の男性であった。その男性を二度見も三度見もしてしまったのは、真理子さんが特別に失礼な女だったせいではない。その人が、完璧な若白髪だったのである。眉毛は黒いし、わりと美男子だったから、アニメやゲームのコスプレをしているみたいに見えた。あるいは、コスプレの扮装を解き忘れたうっかりさんのように見えた。

「あの……」

と声をかけると若白髪の青年は顔を上げ、その瞬間に人の好さげな顔がぱあっと赤くなった。出会いがしらに男性に緊張されたり赤面あるいは照れられるのはいつものことなので、真理子さんは気にすることもなく、しかしいつもの癖で「うふっ」と科を作りながら訊いた。

「竜宮ルナパークのことが知りたいんですけど……」

「は、はい！」

赤面した青年は――胸に提げたストラップから「亀井《かめい》健司《けんじ》」という名前だとわかった――その亀井さんは猛烈にもじもじしながらも、困ったように眉毛を下げた。観光課に配属されたばかりで、勝手がわからないなどと、しどろもどろに弁解する。

「あら……」

真理子さんが付け睫毛を瞬かせると、亀井さんはいっそう顔を赤らめて、それから隣席の同僚を助けを求めるように見た。けれど、その人は妙齢の女性であったため、つんとそっぽを向かれた。

亀井さんは困ったり、泣きそうになったりしながらも、懸命に調べてくれて、おかげで事実とは思えない眉唾で曖昧なことがわかった——というか、わからなかった。

「遊園地を取り壊して、海原川団地を作ったという記録がないのです」

「え、どういうことですか……？」

真理子さんは、両手を口に当ててショックを表した。その仕草に、同僚嬢がわかりやすい舌打ちをくれる。亀井さんは同僚の無礼に憤慨したり、それを詫びたり、真理子さんの仕草をいよいよ好ましく思ったり、ろくな働きのできない自分を責めたりと、実に複雑な顔をして続けた。

「文書上、遊園地と団地は、ひょっこりと入れ替わったことになっているんです。まるで、イリュージョンみたいに」

「そんな……」

真理子さんは、上体をくねくねさせて困惑を表現した。

「いかにも、そのとおりです」

背後から聞き覚えのある声がする。落ち着きと思慮深さを感じさせる響きだ。

「あ……」

正面口の顔出しパネルで世話になった、あのカイゼル髭の西洋紳士が、分別顔をしてそこに居たのだ。真理子さんは「どうも……」とか「さきほどは……」などといって会釈をしたが、西洋紳士はさっきと違っていたく厳格な態度である。そんな風にとても信用のおける様子で、変なことをいった。

「団地は、気がついたらそこにあったのです。背後には何か不自然なまでの工作が、いや巨大な陰謀が存在しているに違いない」

「い、陰謀ですか？」

亀井さんが仰天している横で、同僚嬢が小声で「馬鹿馬鹿しい」と呟いている。それを聞き咎《とが》めて文句をいう亀井さんを眺めながら、真理子さんはぼんやりと考えていた。

奇しくも、亀井さんは今「イリュージョンみたい」といった。それが、かつて手品師だった比留間真空のことを連想させる。

比留間が、イリュージョンで遊園地を団地に変えた？　まさか。

それに比留間はかつて「竜宮ルナパークの復活を求める会」に所属し、果てはそこを乗っ取って月華天地の会を作ったのだ。竜宮ルナパークを消して海原川団地にした張本人であるはずがない。いや、そもそも手品みたいに遊園地を団地にしてしまうなんて、できるはずがない。手品は手品、タネも仕掛けもあるんだから。

（でも……）

あの遊園地が、何だか怪しいという印象は、いよいよ深まった。確たる事実はまだつかめないものの、遊園地が怪しいというのは断定してもよさそうだ。

思案する真理子さんは、自分を見つめる強い視線に気付く。

「突然ですみませんが、ぼくと付き合ってください！」

亀井さんが、真剣な顔でそんなことをいい出すので、真理子さんはポカンとした。隣の同僚嬢は元より、後ろに居並ぶ先輩や上司たちも啞然としている。真理子さん自身、異性に異常にモテることには慣れていたが、初対面の人に公衆の面前で告白されるなど、いくら何でも初めてのことだった。

「すみません。あの、すみません」

亀井さんはわれに返ったように慌て出す。同僚、先輩、上司たちは「やれやれ」というような顔をして仕事にもどった。

「以前、ある女の人を好きになったんです。でも、気持ちを伝える前に、その人は帰らぬ人になってしまって——」

「まあ……」

悲しい恋の話に、真理子さんはよろめいた。告白をためらううちに恋する人を亡くした亀井さんは、ときめく相手にはすぐに胸の内を告げると決めたそうである。大いに同情したが、自分にも恋する相手が居る（常に居るのだが）真理子さんは、「ごめんなさい……」といって、逃げるように立ち去った。

「お尋ねするが、竜宮温泉スタンプラリーというのは——」

遠ざかる観光課のカウンターの辺りから、あの西洋紳士のうっとりするような低い声が聞こえる。

＊

海原川団地に向かうころになったら、亀井さんのことなどすっかり忘れていたのは、激動の恋愛を何度も通り抜けてきた真理子さんらしい大雑把さではある。

赤いボストンバッグに必要なものと不要なものをごちゃ混ぜに詰め込んで、最上階の宮本さん宅までえっちらおっちらと昇った。今日は階段に縁がある日だ。

団地の自治会長と本庄さんも来ていて、美人探偵の登場に大喜びした。

「潜入調査だね」

「空き部屋に泊まってもらおう」

真理子さんはそのつもりで来ましたといって黒いネグリジェを見せたので、自治会長と本庄さんは女子高生みたいに「きゃあきゃあ」と喜んだ。

「Fの四〇二号室は空いてるけど」

「あそこは駄目よ」

自治会長の提案に、宮本さんがすぐに難色を示す。本庄さんも、渋い顔になった。

「そうだよ、会長。Fの四〇二号室は、まずい」

「無事に済まないかもよ」

などと不吉な相談の末、結局はそのF四〇二号室に案内された。

聞けば、そこは合鍵が使えず、業者に頼んでも決してドアが開かないのだという。開かずの間というわけだ。真理子さんは思わず怯えたが、しかし怖いものを調べに来たのだから、開かずの間などは潜入するのにうってつけではあった。

「やっぱり、開かないです」

連絡を受けて手伝いに来ていた津村《つむら》さんという女性が、一同を見ると申し訳なさそうにいった。

「そりゃ、そうよ。開かずの間ですもの」

宮本さんはホッとしたようにいう。

「うちに来てもらってもいいんだけど、娘と孫がうるさくて落ち着かないから」

「じゃあ、川崎《かわさき》さんの部屋はどうだろう」

自治会長は名案を思い付いたというように、ご満悦の表情でいった。宮本さんたちは、何やらいいたそうに顔を見合わせる。

＊

宮本さんたちの変な沈黙の理由は、真理子さんが案内された部屋の前の住人が、ここで孤独死したためであった。川崎さんというそのおじいさんがどういう状態で発見されたか、自治会長はしきりと説明したがり、宮本さんから肘鉄《ひじてつ》をくらっていた。

部屋は、六畳間と四畳半の二間に、ダイニングと風呂と洗面所とトイレがコンパクトに配置されていた。壁は黄土色の砂壁、チープな牡丹《ぼたん》の絵が付いた障子はシミや黄ばみなどの汚れがあった。建物といっしょに年をとってきたという風情だけど、トイレの便座と湯沸かし器はやけに新しい。きれいに拭かれた窓から、傾き出した日差しが入ってくる。六畳間の窓下が地袋になっていて、合板の引き戸に真理子さんが少女時代に好きだったアニメのシールが貼ってあった。貼った当人も忘れたであろうそれは、景色に馴染んで色あせていた。

宮本さんたち三人に加え、数人の中年女性と高齢紳士が加わって、布団やら薬缶《やかん》やら湯飲みやら、携帯コンロやらお菓子やらを運び込んでくれる。一同はそのまま腰を落ち着けてしまい、ちょっとした寄り合いみたいになった。

皆は連れ合いの自慢をし、孫の自慢をし、職場の愚痴《ぐち》をいって、真理子さんの恋愛遍歴を聞きたがった。

「そんな、あたしなんてフラレてばかりで……」

「まーたまた」

暗くなってゆく部屋で、カーテンのない窓から外を見おろした。アスファルトが濡れ始めている。天気雨だ。歩道を行く人、団地に帰って来る人たちが、雨のせいで走り出す。点ったばかりの街灯が漏斗状の光を地面に投げ、残照と交じり合った光が雨粒をくっきりと照らしていた。

その光から死角になった場所に、どんよりと澱《おり》のように固まった闇が見える。

ちがう。闇に見まがうほど暗い雰囲気の人が、雨に打たれながら真理子さんの居る四階の部屋を見上げているのだ。それは、すっきりと体形に合ったスーツを着た、目立つところのない感じの良い人物だった。年の頃は三十代なかばほどで、とても品行方正で行儀が良くて紳士的で親切そうで誠実そうに見える。でも、なぜなのかすごく暗くて恨めしそうだ。雨にけぶるただ中に立ち尽くす姿は、まるで幽霊画のようなのだ。

（……？）

真理子さんは美しい目をまたたかせ、首をかしげた。

どうして、この人はわざわざ雨の中に佇《たたず》んでいるのか？

どうして、あんなに暗い雰囲気なのか。

彼はまるで目当ての人を探し当てたかのように、真理子さんの窓から視線を外さないのである。真っ黒い影が、何か別の生き物みたいに男の足元から伸びているのが、変におどろおどろしい。

（知り合いだったかしら……？）

男性の知り合いなら、星の数ほど居る。それこそ、ストーカーから相思相愛までごまんと居る（本当に、五万人くらい居るかもしれない）。だけど、この目立たない感じの人のことは、記憶になかった（恋愛の達人である真理子さんは、一度会ったことのある男性は死んでも忘れない）。

でも、猿も木から落ちるというし……。

「どうしたんだね、真理子ちゃん」

自治会長がすっかり馴れ馴れしく「真理子ちゃん」なんて呼んだときだ。

街灯の死角に居たあの暗い人が、消えた。まるで手品みたいに、ふっと消えてしまったのだ。

「きゃっ……！」

思わず悲鳴が口を衝く。

わいわいいっていた団地の一同は、驚いてこちらを見た。

真理子さんは、消えた男の居た方を指さして、懸命に説明した。のろのろしゃべる真理子さんなりに慌てていたので、もどかしくも要領を得ない。恨めしそうな佇まいでこちらを見上げていた人が、消えてしまった。懸命にそう伝えると、皆は「そんな」とか「またまた」とか笑い出した。

「幽霊の正体見たり枯れ尾花っていうじゃないの」

善男善女たちの意見は、そういうことで一致した。幽霊の出現と似たようなトラブルを依頼したわりには、懐疑的な見解である。真理子さんが見たという人物が、団地を騒がせている怪物――フーゴくんとは似ても似つかない普通の人間だったので、誰も取り合わなかったのかもしれない。

それよりも、このにわか雨が一同を慌てさせた。

「大変、大変。窓を開けっぱなしで来ちゃったわ」

などといって、わらわらと帰り出す。気がつくと、真理子さんはお茶会の痕跡の中に取り残されてしまった。

「あらあら……」

食べ残しのお菓子の山や湯飲みたちが、お客たちに代って存在を主張し出した。空き室ではあるが水は止められていなかったので、真理子さんはそそくさと片付けを始める。手の中におさまるほどの小さな丸い湯飲みを洗って、かちゃかちゃと重ねた。十月上旬とはいえまだ暑かったから、手に当たる細い水のぬるさが心地よい。洗い終えてもグズグズと水を手に受けながら、真理子さんは思案を始めた。

(さっきの彼、誰だったのかしら……?)

とっても良識ありそうな風貌の、とっても暗い雰囲気の、消えてしまった男。

（普通、消えないわよね……）

目の前で人間が消えるのは、その人物が幽霊である場合だ。殺人事件の被害者だった経験上——つまり、幽霊だった経験上、真理子さんはこれについては詳しい。幽霊を視覚にとらえるというのは、カメラが心霊写真を写すようなものだ。心霊写真が常に撮れないのと同様、幽霊を見るのは珍しい現象である。それでもしょっちゅう見える人も居るし、会話ができる人も居る。そういう人を霊感があるといったりする。幽霊時代の真理子さんは、しばしば霊感がある人のお世話になっていたものだ。

（でも、あの人……）

消えた男には、影があった。どろりと、まるで黒い液体が漏れたみたいな感じの影が、確かに見えたのである。幽霊には影がない。だとすれば、消えたのは手品だったのか？

（手品……）

真理子さんは、防水のために貼られたステンレス板に映る自分を、ムッと険しい表情で見つめた。手品みたいに消えた遊園地、手品みたいに現れた団地、そして手品みたいに消えた人間。

（なんだか、そういうのばっかり……）

手品といったら比留間真空を思い出す。比留間の宗教に入れ込んだ、本庄夫人のこともある。そして比留間が活躍していた竜宮ルナパークが関係するらしい超常現象を調査に来たのだから、おのずと比留間は最大の要注意人物ということになる。

だからといって、何をどうしたものやら。

イチゴの模様のハンカチで手を拭いていると、スマホが鳴った。急いで部屋にもどり、バッグを開けてあのデコレーションだらけのスマホを耳にあてる。

――ザラザラ、ジー、ガサガサ。

――今夜は家族でハンバーグ。み、み、三好《みよし》のゴージャスハンバーグー……。

周波数の合わないラジオのように、盛大なノイズの中から子どもの歌声が聞こえた。もう何十年も前の、コマーシャルで流れていた歌である。それは、音の幽霊であるかのように、「いゅうぅ……」なんて意味不明の言葉に変わり、尻切れに消えた。

耳に当てたスマホが、変に熱くなる。自分の手も、もっと熱くなる。驚いて、手にもったスマホを見つめていると、足音が聞こえてきた。廊下――つまり玄関外の通路からだった。思わず、耳をそばだてていると、それは徐々に大きくなり、そして、ふと、やんだ。つまり、とまった。足音の主は今、この部屋の前に居るらしい。

「怪談みたい……」

怖くなった真理子さんは、自分を鼓舞《こぶ》しようとわざと声に出してつぶやいた。でも、しんみりとした一言は、不気味な空気を増幅させただけだった。

ドアを開けて確かめてみようか……。駄目駄目……。そんなことをしたら、中に入って来てしまう……。怖いものだとは限らないわよ……。用事のあるだれかが、訪ねて来たのかも……。だったら、ドアベルを鳴らすはず……。恥ずかしがり屋なのよ、きっと……。

などとやきもきしていたら、ドアベルが鳴った。ベルというよりは、ひどく無味乾燥なブザーだった。それは「ブッブブブー」という変なリズムで鳴った。少なからず緊張感を欠く音だったので、真理子さんは怖がっていた自分が、ふと馬鹿らしくなる。

「はあい……」

インターフォンがないので、心持ち大きな声で返事をして、ばたばたと玄関に駆けて行った。足音をわざと大きく鳴らしたのは、やっぱり怖さを振り払うような意識が働いたせいである。

重たい鉄製のドアを、グイッと押した。来客を迎えるとき特有の、期待と警戒の混ざった気分で胸の奥がかすかにうずいた。だれだろう……もしかして、月華天地の会の比留間真空が来たのだったら、どうしよう……。

だけど、そこにはだれも居なかった。

蛍光灯に照らされたコンクリートの通路は、ただ青白くのびている。黒い窓には、なぜか外の灯りすら見えない。ジジジ……と、虫の声のようなものが、細く聞こえていた。だけど、あとは無音。そして、「ブッブブー」とブザーを鳴らしたものは、どこにも姿が見えなかった。

　思わず息を飲むような不安と、けれど不可解な安堵が同時に胸にわいた。このままドアを閉めるのには、やはりもやもやと複雑な抵抗があった。いわゆるピンポンダッシュに腹が立つとか、やっぱり幽霊なのかしらとか。ともあれ、そのままでいても仕方ないのでドアを閉めた。自治会長が貸してくれたラジカセで、何かを聴こうと思った。

　若い人向きな音楽——といって自治会長が自分のコレクションから選んでくれたカセットテープは、西城秀樹《さいじょうひでき》と野《の》口《ぐち》五《ご》郎《ろう》と森昌子《もりまさこ》と小柳《こやなぎ》ルミ子《こ》だった。『花嫁』と『瀬戸の花嫁』を混同していた真理子さんは、はしだのりひことクライマックスの歌を探し出せなくて、ちょっとイライラした。『花嫁』は、真理子さんの母親が好きな歌なのだ。

「なんで、入ってないのかしら……？　ま、いっか……」

　カセットを入れ替え、西城秀樹の『傷だらけのローラ』を聴きながら、うっとりしていたときである。何かの気配を感じた。あわてて音量を絞ると、カサ、カサ、と畳を歩く足音が確かに聞こえた。

だれか、居る。

そう思った瞬間、またスマホが鳴った。緊張でギュッと縮まった意識が、スマホへと移った。その視界の隅で、黒いものが動く。

真理子さんは硬直し、目だけを動かして気配がする方を見た。

そして捉えたのは、大柄で太っちょ体形の——影だった。砂壁に、シルクハットをかぶった、着ぐるみみたいなものの影が躍っている。ホシナさんの足から伸びていた、あの怪しい影——かつて竜宮ルナパークのマスコットキャラクターだったフーゴくんと思しき影——この海原川団地で跳梁跋扈《ちょうりょうばっこ》しているという怪物の影である。

真理子さんはビーズ飾りだらけのスマホを取り落とし、両手で口を覆った。キューキューヒーヒーと甲高い変な音がして、真理子さんはようやくのこと、それが自分の引きつる息の音だと気付いた。

そうするうちにも、真理子さんは懸命に部屋を見渡す。

フーゴくんの影は、六畳間の壁をぐるぐると回っていた。だけど、実体は存在しない。いや、畳の上を動き回る乱暴な足音はするのだ。そして、だれかとてつもなくうるさいヤツが居る気配もする。

走り回る影を目で追ううちに、真理子さんは目まいがして尻もちをついてしまった。

すると、影も止まった。

そいつは、真理子さんに向き直り、何かを振り上げた。バールのようなものであった。そして、こちらに近づく。一歩、二歩……。殺気が、ほとばしる。ヒデキが「ローラ！」と叫んだ気がした。

「きゅう……」

真理子さんは恐怖のあまり、気絶した。

5 竜宮ルナパーク

翌朝、ドアのブザーが「ブッブブブー」と覚えのあるリズムで鳴り、真理子さんは飛び起きた。

ここはどこ……？　今は何時……。などと、うたた寝して目覚めた時のように、あたふたする。

（そうよ、怪奇現象が……）

ひどく怖い思いをしたのを思い出したのだが、あれは現実だっただろうか。いや、気絶したくらいだから、夢なんかではあるまい。いやいや、ずいぶんと現実離れした怪奇現象だったようにも思う。いやいやいや、怪奇現象だから現実離れしているのは当然のこと。いろいろ考えながら、からっぽの胃の上に両手を置いた。夕飯を食べ損ねたので、すごくお腹が減っていた。

ブッブブブー、ブッブブブー、ブッブブブー！

ドアの外では「真理子ちゃーん」やら「朝ごはんですよー」やらと、にぎやかな声がし出す。真理子さんは慌てて玄関に向かった。昨夜の警戒はどこへやら、少しも躊躇なくドアを開けた。

「おはよう、真理子ちゃん」

ご機嫌顔の自治会長が居た。宮本さんと津村さんが、それぞれおにぎりと水筒を持っている。タクシードライバーの制帽をかぶった本庄さんが、そのつばを傾けるようにして挨拶をよこすと、颯爽《さっそう》と出掛けて行った。

真理子さんは三人を部屋に招き入れた。時計を見たら、八時半だった。半日以上も気絶していたことになる。

「よく眠れた？」

「ええと……はい……」

確かに、眠れたことは眠れたのだ。

自治会長は、昨夜は怪現象が起こらなかったといった。

「真理子ちゃんが目を光らせていたからだろう」

そんなことはない。怪現象は、まとめて全部この部屋で起きていたのだ。真理子さんは、それを隠すことなく全部話した。話しながら、宮本さんたちに差し出された五個のおにぎりを、残さず食べてしまった。

「それは確かに、フーゴくんだ。電話をくれたら、すぐに助けに来たのに」

自治会長は男気を発揮してそんなことをいう。でも、フーゴくんに悩まされていたのは団地の人たちで、真理子さんはその対策をするために来たのだから、助けてもらうのは違うだろうと思った。

「フーゴくんって……。マスコットキャラクターにしては、ちょっと変わった名前……」

真理子さんは、この際どうでもいいようなことをいう。「それはですね」と膝を乗り出したのは、団地一同の中では若手の津村さんだった。

「フーゴ・ハッセから名前をとったそうです。実在の人物です」

フーゴくんの名前の由来は、フーゴ・ハッセという十九世紀生まれのドイツ人だった。元々、鉄橋などを造る技術者だったが、遊園地業界に転身した。遊具を造ったり、移動遊園地を造ったり。ハッセの遊園地は絢爛豪華で、国際的に人気を呼んだ。

「としまえんの、エルドラドもフーゴ・ハッセが造ったんですよ」

「まあ……」

としまえんの閉園は記憶に新しいが、真理子さんは三番目の恋人と六番目と十一番目の愛人と、そこでデートした。甘い記憶のデータベースである真理子さんは、あの楽しくもどこか哀しげな佇まいを胸に刻み込んでいる。でも、それが、遠い昔のドイツのものだったとは驚きだ。

「ドイツからアメリカに行って、最終的には日本に来たそうですよ」

「あんた、詳しいのね」

宮本さんが驚いたようにいうと、津村さんは宮本さんと同じほどふくよかな頬を得意げに輝かせた。

「遊園地大好きですから。とくに竜宮ルナパーク、大々好きでしたもん」

「おやおや」

目下のところ、竜宮ルナパークは敵側に属する。その敵が何なのか、誰も今ひとつつかめずにいるのだが。さりとて、そんな国際的な遊具を擁したとしまえんはともかく、竜宮ルナパークとフーゴ・ハッセというすごそうな人物とどういう関係があるのか？

「なんと、竜宮ルナパークにはフーゴ・ハッセ考案のアトラクションがあったんです！」

津村さんは、ますます得意げにいった。宮本さんと自治会長は「うっそー」とか

「そんなわけないだろう」などといって信じない。

「ほら、あの『人魚の泉』ですよ」

「そんなの知らない――あ、あの暗い池？」

敵視しているわりには、宮本さんたちもかつては竜宮ルナパークのお客であったらしい。現地を見たことのない真理子さんは、三人の顔を見比べながら話を聞いている。

肝心のフーゴくんは、フーゴ・ハッセによる『人魚の泉』にちなんで生まれた。

(だから、シルクハット……？)

客寄せパンダとなるはずだったフーゴ・ハッセの『人魚の泉』はちっともウケなかったが、フーゴくんはお客たちに愛された。当初は看板や印刷物のイラストのみの存在だったのに、評判がよかったので着ぐるみができた。それから、子どもが抱ける大きさのぬいぐるみを売り出した。フーゴくんは、知る人ぞ知る人気者だったらしい。

「あたしも、フーゴくん人形持ってましたもん」

福々とした笑顔でいう津村さんは、三十代だろうか。真理子さんは「知らなかった……」ともいえなくて、ぎこちなく笑ってみせる。

「ところで、こちらの団地では、昔からあんな怖いことが……？」

話題を、昨夜の怪異にもどした。人気者だかしらないが、あんな恐ろしい怪物に襲われたのではたまらない。団地の人たちにしたら、一番に落ち着くはずの我が家に出現するのだから、迷惑千万である。

（竜宮ルナパークがなくなったせいで、フーゴくんがたたっているとしたら……）

竜宮ルナパークの閉園は一九九九年。フーゴくんの怪異は、それ以来のことだろう。

しかし、昨夜みたいなことが以前から頻繁に起きていたとしたら、もっと話題になっているのではないか？　そうなれば、わざわざ好きこのんで、こんな怖い団地に住もうなんて人はいないはずである。

「そうじゃないのよ」

宮本さんが、難しい顔で腕組みをした。自治会長が話を継ぐ。

「フーゴくんが現れ出したのは、去年の秋だ。確か、あれは十月だったよな。一年前だよ。驚いた近藤《こんどう》さんが、階段で腰を抜かして転げ落ちたのは――」

「そうそう。フーゴくんの影が、バールのようなものを振りかざして、階段を猛スピードで上がったり下りたりしてたって」

宮本さんがそういうので、真理子さんは怖そうに首をすくめた。昨夜の部屋をぐるぐる回るヤツの階段バージョンとは、さぞや怖かったことだろう。

「だけど、どうして去年の十月からなんだろうなあ」

自治会長も、宮本さんに倣《なら》って腕組みする。

「ひょっとしたら、遊園地のオーナーが去年の十月に亡くなったのかな？」

「それで、うちの団地に祟り出したの？　いやね、団地の住人に罪はないわよ」

「でも、オーナーさんって、竜宮ルナパークの復活を目指してたらしいですもんね」

「だから、跡地に出来た団地を逆恨みして、化けて出てる？　そんなの八つ当たりよ」

三人が眉をひそめて語り合うのを聞きながら、真理子さんは思案気に電話を掛ける。スマホの画面には「若白髪の亀井サン♪」と表示されていた。真理子さんにせっかちな告白をした、市役所勤務のあの亀井さんだ。

——ああ……！　島岡真理子さん！

電話の向こう、始業直後の市役所で、有頂天《うちょうてん》になった亀井さんの声がした。どうしてだか、フルネームで呼ばれた。

——どうしました？　いや、いいです。わかっています。

前は交際の申し込みを受け流されたものの、やはり承諾をくれるための電話だと思ったらしい。恋愛の達人のくせに、相手の気持ちにも熱意にも無頓着な真理子さんは、それをまるっきり無視して、さらりと用件を告げた。

――え？　竜宮ルナパークのオーナーですか？　清水目草蔵さんですね。いやいや、生きてますよ。ピンピンしてらっしゃいます。清水目さんは『楽しいまちづくり部会』の議長ですから。

それは何かと訊くと、市民会議とのこと。社会参加意識が低い真理子さんは、そういわれてもよくわからなかった。

――といっても、かなりの高齢ですけどね。九十歳は越えてるそうです。

清水目氏の連絡先を訊くと、亀井さんはあっさり教えてくれた。のんきな真理子さんだが、自分で尋ねておきながら「むむ？」と思う。一般市民の連絡先なんてプライベートなことを、そんなにあっさりと第三者に教えていいものだろうか？

（でも、教えてもらっちゃったものは、仕方ないわよね……）

そう思っていると、亀井さんは勝手に話題を移した。

――前にお話ししたこと、やはり考え直してくれるんですね？　わかってます。そういいたくて、電話をくれたんでしょう？

食事をしよう、映画に行こう、ドライブに行こう、温泉に行こうと、亀井さんは感心するくらい次々とデートのプランを話し出す。片思いの相手が、告白をためらっているうちに亡くなったといっていたが、ひょっとしたらその人のためにいろんな計画をたてていたのかもしれないと、真理子さんは思った。

「すみません……。あたし、恋人が居るんです……」

そういって通話を切り上げた。そんな無情なことをしておきながら、人形売りのことを「恋人」といってしまった自分に驚き、そして照れた。自分の恋愛のことになると、未成年のように繊細なのである。

いつの間にか聞き耳をたてていた団地の三人に向かって、真理子さんは清水目草蔵氏が健在であると報告した。

「それじゃあ、犯人は元オーナーの幽霊じゃないのね」と津村さん。

「だけど、生霊ということも考えられるぞ」と自治会長。

「去年の秋から、急に幽体離脱しちゃう体質になったってこと?」と宮本さん。

「お年だし?」と一番若い津村さん。

「年寄りをそんな風にいうもんじゃない」と一番年嵩《としかさ》の自治会長。

三人の話が脱線してゆく傍らで、真理子さんのスマホが鳴った。亀井さんが折り返し掛けてきたのかと思ったら、豈図《あにはか》らんや恋人の人形売りの方だった。人形売りはさつきの亀井さんと同じテンションで、食事とか映画とかドライブとか温泉とか、さまざまなデートのプランを話し出し、真理子さんは大喜びでその全てに賛成した。

宮本さんたちがそれぞれの部屋にもどった後、真理子さんは昨夜の怪奇現象のことを大島ちゃんにメールで報告する。猛烈な速さで長文を打ち込んだ後、勢い余って人形売りから盛大にデートの誘いを受けたことも書いた。

大島ちゃんからは、すぐに返事がきた。

団地の怪奇現象については「おれ、怖いの苦手だから、そーゆーのパスな」と無責任なことをいってのけ、人形売りとのデートには呆れ顔の絵文字が付いていた。

――おまえ、レーカイ不動産の高野《たかの》にホの字じゃなかったっけ？

それを読んで、真理子さんこそすっかり呆れた。

（大島さんったら、そんなのいつの話よ……）

呆れられるべきなのは、恋多き――多過ぎる真理子さんの方なのだが。

＊

一両編成のローカル私鉄で、玉手岬《たまてみさき》に向かった。

清水目草蔵氏が、そこに住んでいるのだ。

列車は飛んでいるトンボがふと羽を休めることができるかと思うくらい、ゆっくりと走る。市街地を抜けるとすぐに、海が見えてきた。

ホームの向こうに広がる眺めが、いとも長閑《のどか》だ。少しだけ暖色のまざった空の淡い青色が、それとそっくりな色の海との間に雲を浮かべて、のんびりと横に広がっていた。ホームの無人のベンチに、忘れ物の野球帽がひっかかって、そよそよと風に揺られている。

次は、玉手岬、玉手岬。降り口は左側に――。

*

清水目邸は、岬の突端に建っていた。まるで灯台か、あるいは悪のマッドサイエンティストの研究所なんぞに相応しいような立地だが、建物は拍子抜けするほど普通の家だった。辺りには電柱がない。それでも電気が通っているし、プロパンガスのボンベも見当たらないから、都市ガスも来ているようだ。

清水目草蔵という人物は、気難しそうな老人だった。でも、聞いていたほどの高齢には見えない。いや、若い俳優が老けメイクをして高齢者を演じているような、そんな印象も受けた。自分のことを「わし」といい、語尾に「じゃ」を付けるのも、何やらわざとらしい感じがする。

「美人じゃのう、美人じゃのう」

清水目氏は、真理子さんの容姿をしきりと褒めて、デレデレした。用件もいわないうちから、「わしの妻になってくれ」と口説かれた。亀井さんもせっかちだが、こちらの方が輪をかけて積極的だ。でも、冷静に笑ってごまかした。職歴の中でキャバ嬢の経験が一番長い真理子さんは、酔っ払いとヒヒ爺の扱いはお手の物なのである。

「ところで、竜宮ルナパークのことなんですけど……」

真理子さんは、付け睫毛をパチパチさせる。

「いろいろ、教えてほしいの……」

「いいとも、ハニー」

清水目氏は化学反応でも起こしたみたいに、顔が輝き出す。それから三時間もぶっ続けで「竜宮ルナパークとわし」にまつわる話を語った。上手に合の手を入れていた真理子さんだが、ネットで調べたことや市役所で聞いたこと以上の情報は得られなかった。ありがちなことだが、三時間のうち二時間五十分は自慢話と精神論に終始したのだった。

「わしは、あんたに会ったことがあるぞ、ハニー」

竜宮ルナパークについての話が尽きると、老人はまた口説き文句に立ち返る。

「あれは、二十余年も前じゃった。それからずっと、わしは想い続けて来たのじゃよ」

「ところで……」

話を逸らした。

「専属マジシャンだった比留間さん、今では教祖とかやっているんですってね……」

「ふん、怪しからんヤツじゃ」

清水目氏は、長い眉毛を釣り上げて怒り出した。インチキ教祖とか、裏切者とか、悪口をさんざん聞かされる。清水目氏は『竜宮ルナパークの復活を求める会』を乗っ取られてしまったことで、比留間真空をとことん恨んでいる様子だった。路上で拾った五〇〇円玉をネコババしたやら、スナック阿蘭《あらん》のミラちゃんにご執心だったがミラちゃんは迷惑がっていたやらと、役にも立たないことを微に入り細に入り滔々《とうとう》としゃべり、これ以上ねばっても何も出てこないだろうと思わせるに至った。

「なあ、ハニー、わしの奥さんにならんかね？」

「うふふ……」

真理子さんは笑ってごまかしてヘップサンダルにうすい足をとおした。

「ハニーよ、比留間に近付いちゃいかんぞ。ありゃあ危険な男じゃ」

玄関先まで見送りに来た清水目氏は、そんなことをいった。

「え……？」

何が危険なのか、どんな風に危険なのか。訊こうとしたが、清水目氏はこちらにプイッと背中を向けると、家に引っ込んでしまった。

6　待ち伏せ

真理子さんはアイス最中を食べながら、帰りの列車を待っている。

今日も海原川団地に泊まる予定だが、帰るのがいささか億劫《おっくう》だった。昨夜のような怪奇現象に再び襲われたら、また気絶してしまうかもしれない。気絶とは脳みそが強制終了するみたいなものだろうから、すごく体に悪そうだ。

（せめて体にいいものを——黒酢ドリンクでも買っておこうかしら……。それよりも、神社かお寺で魔よけの御札をいただこうかしら……。でも、怪奇現象を調べに行くんだから、何も起こらないのも困るのよね……）

線路の彼方に、上り列車が姿を見せる。

耳には、清水目氏のしわがれた声が残っていた。意識の中で再生される比留間真空の悪口を、真理子さんはアイス最中を食べながら漫然と反復した。

（教祖の比留間真空サンは元マジシャン……。マジシャンならば、怪奇現象くらい起こせるわよね……？）

マジックだとしたら、怖いことなんかない。なにしろ、お金を払ってまでマジックショーを見に行くくらいだから。そう思ったら、少しずつ力が湧いてきた。

車両に乗り込み、中を見渡した。小振りなリュックサックを背負った中年女性と、六十年配の紳士、それから赤いランドセルの女の子が二人乗り合わせていた。

列車は、のろのろと動き出した。

空と海の色合いはほんのりと晴れて、にじむように青い。

線路は少し高台を通っているので、ほんの波打ち際だけ切り取られたという具合に、帯ほどの細さで砂浜が横に広がって見える。

そこに、人が居た。

（え……？）

やせっぽちの体軀に、光沢のある黒い背広。その人物は両手に何かを抱えて、海を背にこちらの方角を見ていた。列車に向かって顔を上げている。

（あの方……？）

真理子さんは、思わず座席から立ち上がると、開けることができない走行中のドアへと走り寄った。遥か眼下に見えるその人物は、人形売りだった。両手に仏蘭西人形を横抱きにして、こちらを見上げているのである。

遠くてわかるはずもないのに、その顔に浮かんだ苦悩とも寂寥ともつかない表情を見て取った。確かにわかるはずもない距離を隔てて、真理子さんと人形売りは束の間、見つめ合う。人形売りのダリ髭が、海風になぶられて逆さになり、時計の針のように顔に張り付いていた。

線路近くの松の枝が、出し抜けに視界を遮った。そこからは松林が続き、海の景色は隠れてしまう。真理子さんは、かかとの細いヘップサンダルでよろけながら、元居た座席に戻った。無人の砂浜で、人形売りは何をしていたのか。真理子さんはピンク色に塗ったくちびるをプンととがらせて考え込む。まるでこちらを待っていたかのように、見張っていたかのように、人形売りはそこに居たのだ。そして、人形売りは怒っていた――それとも、悩んでいた？　それとも、嘆いていた？　ともかく、あまり機嫌が良さそうではなかった。でも、どうして？

(訊いてみなくちゃ……)

愛用のデコレーションスマホを取り出して、メールを書く。

――さっき、海に居ました……？

真理子さんときたら、メールの文末にまで「……」が付く。送信し終えたスマホを手に持って、濃い色の松葉に遮られた車窓の風景を見やると、向かいの座席の小学生たちがふっと声をひそめた。それまで、クラスメートや担任教師の噂話など他愛ないことをしゃべっていたようだが、不思議なことに声音を絞ることでその内容は却って周囲の注意を引いた。

「塾の友だちから聞いたんだけどさ。この先に旧道のトンネルあるじゃん？　その友だちのおねえさんの知り合いがさ、旧道トンネルで肝試ししたんだって」

「やっばいじゃん。あそこって、女の人の幽霊が出るんでしょ？」

「そう。それを見に行ったの」

「で？　見たの？」

「見たっていうか」

短髪の女の子は、演技っぽく声をひそめた。

「あのシルクハットっての？　手品で鳩とか兎とか出てくる帽子、それをかぶったおじさんが居て、チラシをくれたんだって」

「はあ？　意味わかんないんだけど」

「だよね。なんか遊園地の案内みたいなのでさ、『竜宮ルナパーク近日再オープン』って書いてたんだって。『地球一の遊園地・復活おめでとうキャンペーン、入場料五

○円引き券』てのが付いてたんだって」

「地球一って」

ポニーテールの子が、馬鹿にするように笑っている。

「つーか、五○円引きって、セコすぎ」

真理子さんは、目をぱちくりさせてそれを聞いていた。思わず、その小学生の方に駆け寄る。二人の女の子たちは、それこそ怪人を見たみたいにびっくりした。

「あの……。その……。竜宮ルナパーク近日再オープンの話なんだけど……？」

真理子さんは、何から訊いていいのかわからず、しどろもどろの様子で小学生たちに迫った。女の子たちもまた、真理子さんの勢いに怯えるべきか馬鹿にするべきかを迷って、互いに顔を見合わせている。

「もっと詳しく教えてくれないかしら……。そのチラシをもらった人に会えないかしら……。その遊園地がオープンしたら、あなたたちも行くの……？　だめよ、そこはとっても怪しい――……」

「はあ？」

「お願い、教えてほしいの……。性格が変わったり、怪しい影が現れたり、宗教にハマったり、大変なことが起きてるのよ……」

「はあ？」

少女たちが顔を引きつらせる頭上で、地元民謡『竜宮牛追い唄』をアレンジしたオルゴールのメロディが流れた。

——次は終点、リュウグウ、リュウグウでございます。どなたさまもお忘れものをなさいませんように、網棚の上などをお確かめください。

少ない乗客たちは、そわそわと降り仕度を始める。女の子たちは真理子さんを「変な人」に認定したらしく、二人で逃げるようにしてドアの方に向かった。

「待って……」

追いすがろうとする真理子さんは、出し抜けに後ろから肩を掴まれた。

「あんた、この子たちの知り合い？」

少し離れた席に居た六十年配の紳士が、険しい顔で訊いてくる。その後ろから、ちょっとくたびれたリュックの中年女性が、怪訝そうにこちらを盗み見ていた。真理子さんは慌てて後ずさり、懸命に作り笑いをした。

ドアが開くと同時に小学生たちが出て行こうとするのだが、真理子さんは不審者の烙印《らくいん》を押されたショックのあまり、それを押しのけるようにしてホームに駆け降りた。

「ちょっと、あんた」

六十紳士の声が追いかけてくる。加えて、ほかの三人の憤慨した気配も背中に刺さる中、真理子さんは逃げるようにして階段を駆け上がった。カッカッカッと細い踵から伝わる鋭い振動にまで、責め立てられている気がした。

（ああ、あたしって、ほんと駄目……）

色仕掛けが効かない相手には良い印象を持ってもらえないことを、真理子さんはあらためて思い出した。

階段を上り切ったらスマホが鳴った。人形売りからのメールの返信だった。

――海には行ってませんよ。今日は花丸《はなまる》デパートで実演販売しています。でも、海はいいですねえ。今度、二人で行きましょうね。

語尾に絵文字が五つも並んでいた。はちきれる笑顔と、ハートと、泳ぐ人と、魚と、そしてなぜかジェットコースター。

（ジェットコースター……？）

遊園地のことで追い立てられている最中の真理子さんは、いわば安心と憩《いこ》いを求める相手である人形売りとの通信文に、アウェーの産物である遊園地の絵文字などが使われているという事実に、気持ちがささくれだった。

（いやあね、あたしったら……）

それよりも、確かに海辺に居た人形売りが、それを否定するのは奇妙なことだった。他人の空似かと思ったものの、しかしあんなユニークな風采の人はそんなザラに居るはずもない。いやいや、人形売りは真理子さんの元夫と瓜二つである……。

＊

駅を出て瀬界町に行ったのは、ホシナさんや田辺少年をほったらかして悪いなあと思ったというより、列車で女子児童たちに怯えられた反動から、自分を頼りにしてくれる小学生だって居るのだと確認したかったためかもしれない。

商店街は相変わらず活気があって、田辺少年も相変わらず誠実そうだった。

「ホシナなんか、ぼくに輪をかけて誠実そうなんです」

田辺少年は市民公園のブランコに腰かけ、牛乳でも飲むように腰に片手を当てて水筒の麦茶を飲み、その冷たさにフルフルと肩を震わせた。

「今日も遅刻しなかったし、全教科の宿題を完璧にやってきてましたから。本当に、不気味としかいいようがないです」

田辺少年は細い鼻孔から息をつき、こちらを見る。

「でも、こうして会いに来てもらって、安心しました。忘れられているような気がしてたんです」

「ええと……その……」

確かに忘れていたかもしれない。海原川団地の問題、すなわち竜宮ルナパークの問題を解決すれば、自動的に田辺少年の方も解決すると思っていたから。でも、それは方便だ。同時進行で調査するほどの実力と気力が、真理子さんにはないのである。

(でも、何かいってあげなくちゃ……)

これまでの実績の中から田辺少年の問題に関連しそうなものを、懸命に考えてみた。

「実は……月華天地の会というのが、怪しいのよね……」

ホシナさんが迷い込んだのが、今は存在しない竜宮ルナパークらしいこと。その竜宮ルナパークの復興を目的とした団体が、やがて月華天地の会という宗教団体に変わったことを、真理子さんはいつもの自信なさげな調子で語る。

「月華天地の会ですか。なるほど」

「遊園地が今は存在していないことには驚かないの……？」

「ホシナが変わってしまったことの方が大変です」

「好きなのね……」

真理子さんが少年の初恋を寿《ことほ》いで「ウフッ……」と優しく笑うと、相手はムキになって眉間にしわを寄せ、慌てたり否定したりした。

「そういう意味じゃなくて——。ものごとには、あるべき姿というか、基本的な形というのがあり、それこそが人の個性として——。いや、はい、そういうことかもしれませんが——」

田辺少年の懸命な態度がとても好ましく思えて、真理子さんは満足して帰路についた。

たそがれ探偵社近くでバスを降り、夕方の町内に響くブザーみたいな音色の『家路』を聞きながら、ふと思う。

(ひょっとして、まずかったかしら……)

田辺少年に、月華天地の会のことを話したことが、である。

なにしろ、月華天地の会は悪徳宗教団体。かたや、田辺少年は非力な小学生だ。でも、たそがれ探偵社なんて特殊なケース限定の探偵を探し出し、単身訪ねて来るほどバイタリティがある子なのである。そのバイタリティで、今度は月華天地の会を訪ねて行ったりしたら、一大事ではないか。

(まずかったわ……。聞かなかったことにしてくれないかしら……)

そんなこと、できるわけがない。さっきの話は忘れてなどと頼んだりしたら、却ってインパクトを与えてしまう。

(ああ、あたしのバカバカ、おバカさん……)

真理子さんは、たそがれ探偵社のある雑居ビルの前で、ひとりぽかぽかと自分の頭をたたいた。

「大丈夫ですか?」

夕刊の配達員に声を掛けられ、真理子さんは我に返る。路上でおのれの頭をたたくなどという奇行を、少なからぬ人たちが遠巻きにしてうかがっていた。

「うふっ……」

真理子さんは慌てて作り笑いをすると、古巣の雑居ビルに駆け込んだ。いつもの癖で、エレベーターではなく非常階段を駆け上がり、息切れしながらたどり着いたそがれ探偵社のドアの前に、仏蘭西人形と真紅の薔薇の花束が置かれている。

——愛しい人へ。急に会いたくなったので、来てみました。

アルファベットの筆記体を思わせる華麗な筆跡で、そう記されていた紙は一階のテナントである居酒屋のチラシの裏面である。本当に、会いたくなって訪ねて来て、留守だとわかって手近な紙に書いたらしい。「愛しい人へ」と書かれた裏から、「もずく酢／四百円」という文字が透けていた。

＊

今夜も海原川団地に泊まり込む。

身の回り品は昨日運び込んだままだったので、今日は人形売りが置いていった薔薇の花束と仏蘭西人形を抱いて、まっすぐに故川崎さんの部屋に向かった。通路を歩いていたら津村さんに薔薇をほめられ、花瓶代わりのバケツを借りた。

さして収穫もなく失敗続きの一日だったが、人形売りのプレゼントが効いて、急に力がわいてきた。

(団地の怪奇現象は、比留間サンの手品なのよ……。そうに決まってる……)

痩せても枯れても殺人事件の被害者だったことがある真理子さんは、人間の恐ろしさというのは身に染みて知っていた。それでも、幽霊・ものの け・怪物は人間より怖いと思っている。人外魔境のものが、人間のレベルを超えているのは当然のことではないか。

そんなわけで、幽霊騒ぎがマジックやイリュージョンだというなら、恐れるに足りぬ。尻尾を摑んで、捕まえて、謝らせて、もう悪事はしないと約束させてやる。と意気込んで、ブリキのバケツにいけた薔薇の花を見つめた。

怪奇現象は比留間真空のしわざだという真理子さんの説は、団地の人たちにも歓迎された。やはり、お化けより怖いものはないのである。ここには本庄さんのほかにも、家族が月華天地の会にハマって困っている人が居るようだ。元より月華天地の会は憎《にっく》き敵。その敵が団地を脅かす怪奇現象を演出しているとしたら、許すまじき悪行だ。

何にしても、本当の怪奇現象にくらべたら、怖くないだけよっぽどマシである。団地の怪事件を解決すれば、月華天地の会から家族を取り戻すことができるという理屈は、住人たちに喝采《かっさい》とともに受け入れられた。

「さすが、プロの探偵ね。たった一日で、敵の正体もやり口も見抜いてしまうんだから」

「えへ……」

夕飯時を過ぎてから、自治会長が訪ねて来た。帰宅した各戸の大黒柱たちを集めて、パトロール隊を結成したという。その名誉隊長として真理子さんが抜擢《ばってき》された。

「ええええ……」

真理子さんは慌てたが、パトロール隊員たちのいでたちを見て、さらに慌てた。そんなものをどこから出したのだと思うような物騒な武器を携えている。巨大なフォークのようなもの、危なっかしいUの字型の金属を取り付けた棒、犬のおやつの骨みたいな形の金属を尖端に取り付けた棒。どれもこれも、危険そうで感じが悪い。棒の長さはいずれも雪べらくらいで、見るからに戦う道具であるとわかる。中には、もっとわかりやすい、槍や薙刀《なぎなた》みたいなものを持っている人まで居た。

「あの、それは……？」

真理子さんは、おっかなびっくり尋ねる。

「江戸時代の自身番に常備していた捕り物道具、突棒《つくぼう》に、さす叉、袖搦《そでがら》み。それから、そのころの武士の武器とかだね」

インテリらしい人が明朗な声で説明する。でも、真理子さんはさっぱりわけがわからなかった。

「この団地でも、捕り物道具を常備しているんでしょうか……？」

それは過剰防衛というものではないのか。

「いやいや、そんな」

「うちの奥さんが裏の草取りをしていたとき――」

頭のてっぺんが少しうすくなった中年男性が、にこにこしながら話を引き取る。トレーナーにスウェットパンツに運動靴という、いかにもくつろいだ服装なのに、手にはそんな物騒な武器を持っているのだ。いや、ほんと、こういうのは銃刀法違反にならないのだろうか。

「偶然に見付けたんです」

「偶然に、見つかるものなのですか……？」

「はい、はい」

「偶然に、こんなどっさり」

おじさん方は、競うようにしてうなずいた。努めてしかつめ顔を作ろうとしているのに、隠しきれない楽しさがにじみ出ている。

「でも、どうして……？　警察には届けたんですか……？」

「えーと、そのー、落とし物ではないので――」

海原川団地の敷地内に、ブロック造りのいかにも殺風景な感じの建物がある。サビたトタン屋根を被り、窓はなく、コンクリートの土台は苔だらけ、壁は一面子どもたちの落書きでビッシリと埋まっている。可愛いコックさんとか、へのへのもへじとか、アニメのキャラクターらしいものとか。中には立小便避けの鳥居のマークとか、陰陽道の呪符みたいなおどろおどろしいものもあった。そして、重たげな鉄製の引き戸には、いつも南京錠がかかっているのだ。

このブロック小屋は、団地の死角にあった。それは、見え辛いという意味ではなく、意識にとどまらないということだ。住人たちも自治会も、普段からこの小屋のことは気にもかけていない。

「……？」

聞いている真理子さんは、ふっと眉をひそめた。何かいおうとしたのだが、年嵩で背高の人が話を継いだ。

「その南京錠が開いていたというのですよ」

奥さん連が敷地の草取りをしていたとき、一人がそれを見つけた。皆に忘れられた場所だから、普段は何とも思っていなかったのだが、錠前が外れているという小さな変化は奥さんたちの好奇心を刺激した。そのとき初めて、奥さんたちは小屋の存在に気付いたような心地がしたという。

「で、かみさん連中、大胆にも中に入ってみたのですな」

そこに、この物騒な武器が隠されていた。武器のほかにも、段ボール箱の山がどっさり。中には黄色いレモン石鹸《せっけん》とか、トイレットペーパーとか、造花とか、かき氷製造機、紙やプラスチックの食器といった物騒でないものが詰め込まれていた。ほかにも、行楽地にあるような大きなパラソルやら、プラスチック製の椅子やら。

聞いている真理子さんは、意味がわからなくなった。現実と非現実のあわいにひそむ怪しい場所のように思えたが、それではただの物置小屋ではないか。

「いかにも、いかにも。ただの物置小屋だったんですよ。大方、何かのイベントにでも使ったものを入れていたのでしょうね」

「でも、イベントにそんな武器弾薬が……?」

真理子さんが捕り物道具を指していうと、おじさんたちは愉快そうに声を上げて笑った。

「武器はあるけど、弾薬はないよ」

「いやいや、これは武器ではなくて玩具《おもちゃ》だよ」

「玩具……?」

真理子さんは、巨大なフォークのようなものを近くで見せてもらった。なるほど、とてもよく出来ているが、とんがった金属部分が触るとへこむ仕組みになっている。

「なんで……?」

なんでこんな玩具を保管していたのか? この人たちは、そんな玩具を持ち出して、どうする気なのか？

「お芝居かパレードなんかの小道具らしい。本物だったら警察が来ちゃうよ」

いっせいに、一同の平和な笑いが響く。

「じゃあ、今、どうしてそんなものを……？」

「幕末、押し寄せる列強各国を威嚇《いかく》するため、各地で砲台が築かれましたが、中には脅すためだけの偽物の大砲も造られたそうです」

江戸時代の武器のことを説明した人が、知的な声でそういった。

「はあ……？」

「つまり見せかけのハリボテで、敵をびっくりさせようというアイディアですよ。でも、棒がついてますから、いざというときは武器にもなる」

「やっぱり、武器なんだ……」

「固いことといわずに、あなたもお一つ」

薙刀を渡され、真理子さんは困ったように笑った。おじさん方は強そうな武器（に見えるもの）を携え、三々五々に警備の配置に付いたのだった。

丸い常夜灯の下で、真理子さんは歴史に詳しいインテリ氏と組んで、例のブロック小屋の近くでフーゴくんを待ち受けた。インテリ氏は歴史のみならず、天体にも詳しいようで、頭上の星座について滔々と語る。

真理子さんは最初のうちは警戒も怠《おこた》らず、ぎこちない手つきで偽物の薙刀を構えたりしていたのだが、津村さんが夜食を持って来たころには、すっかり緊張も緩んでいた。津村さんもいっしょになって、星空を見ながら野菜サンドを食べる。

「あぁ、秋の夜って感じですねぇ」

津村さんはまるい頰をもぐもぐさせながら、いった。

「あたし、子どものころに田舎に居たことがあるんですよ。田舎で見る夜空は、もっときれいだったなあ。友だちの家でお月見をしたことがあります。そこん家、大金持ちだったから縁側が半端なく広くて、トイレまで遠くて、夜なんかやたらと怖くて――」

「トイレといえば谷崎潤一郎《たにざきじゅんいちろう》の『陰翳礼讃』には――」

インテリ氏がまた難しい話をしようとし、津村さんは「またまた、物知り博士の雑学が始まった」といって笑った。

「雑学じゃないよ、教養というものだよ」

インテリ氏は憤慨したが津村さんは取り合わず、さっきまで観ていたテレビのバラエティの話をして部屋にもどった。津村さんにからかわれたのがきまり悪いようで、しかし沈黙も気づまりなようで、インテリ氏は津村さんに倣ったみたいに自分の子ども時代の話をはじめる。

「ぼくが育ったのは雪深い東北の街で――」

でも、インテリ氏の一代記はそこから先へと続かなかった。

フーゴくんが現れたのである。

7　推理と現実のはざま

のし。のし。のし。

もやもやと輪郭の定まらないススキの陰から、まるで闇が結晶するみたいに、フーゴくんはやって来た。

のし。のし。のし。

黒いシルクハットに、黒いタキシードをデザインした、頭でっかちで短足のもこもこした着ぐるみ。それは至極可愛らしいのだが、常夜灯の下で陰影が濃く刻まれた笑顔は、禍々《まがまが》しかった。ぷっくりした手に握ったバールのようなものが、殺気を放っている。

かたわらで、インテリ氏がすっくと立ちあがった。

「いざ、鎌倉《かまくら》！」

インテリ氏は裏返った声で真理子さんには意味のわからない掛け声を発すると、例の偽物の武器を振りかざしてフーゴくんを迎え撃つ。それはとても勇気のある行動だった。なにしろ、フーゴくんの正体みたり月華天地の会と真理子さんが指摘したものの、相手が怪奇現象ではなく人間だから楽勝楽勝♪というわけにもゆくまい。敢えて正体を隠して怪しい行動を取る敵に、一人で立ち向かうなんて勇敢を通り越してちょっと無謀だ。

フーゴくんは、のし、のしとインテリ氏に迫り、バールのようなものを振り上げた。かたや、インテリ氏の武器は偽物の捕り物道具。これでは、勝てる感じがまったくしない。

「誰か……！　どなたか……！　皆さーん……！」

真理子さんは、悲鳴を上げた。その間にも恐ろしいニコニコ顔のフーゴくんは、インテリ氏の隙を見つけて躍りかかろうとしている。

（矢でも鉄砲でも持ってこーい……）

真理子さんは破れかぶれな気分になって、薙刀を構えタタタ……と駆け寄った。

「あの、やめてくださーい……。暴力、はんたーい……」

などといいながら薙刀を振り上げたら、その刀の部分がもげて地面に落ちた。

「あら、いやだ……」

拾おうとしてかがんだ弾みに、薙刀の柄の部分がブルンと振り回された格好になり、避けようとしたインテリ氏が尻もちをつく。それに驚いた真理子さんも、ヘップサンダルの踵の細さもあってよろけて転んだ。

「…………」

見上げた先、太ってきた月に照らされたフーゴくんの巨大な顔が、ゆらりと近付いた。団地の皆とは違って本当に物騒なバールのようなものを、今しも二人に振り下ろそうとする。

インテリ氏は振り絞るような声で奥さんの名前を唱え、真理子さんは人形売りのことを考えたのだけど、まだ名前を訊いていなかったことを思い出した。不覚というか、後悔先に立たずというか。またしても、こんな感じで人生を終えるのかしらと思ったのだが、フーゴくんの一撃はいつまでも降りてこないのだった。

「……？」

顔を上げたとき、殺気立った人たちがわらわらと押し寄せてきた。敵の援軍が到着したのか。いよいよ万事休すだと覚悟を決めたのだが、ふと図書館の本をまだ返していなかったことを思い出す。

（やっぱーい……。この前も返却が遅れたのよね……）

そして、事務所の玄関の鍵をちゃんと閉めたか、ふと不安になる。さらには、冷蔵庫の中に賞味期限が切れてひと月過ぎた玉子が入っていたことを思い出す。——真理子さんは、片思いの相手にプレゼントするためにお菓子作りに凝っていたことがあり、生来の飽きっぽさにもかかわらず、それは今も続いている。その相手というのは、人形売りの前の前の前に心を奪われた人なのだが。

などと考えているうちに、大勢の殺気立った気配が真理子さんたちを取り囲んだ。

「大丈夫ですか」

といった声は、奥さんがブロック小屋の近くで草取りをしていたという人に似ていた。

「この野郎」

といった声は、真理子さんに薙刀を渡してくれた人に似ていた。

いたわる声は真理子さんたちに向かっていたし、「この野郎」と威嚇する声はフーゴくんに対して発せられた——ように聞こえた。それで、おそるおそる顔を上げると、団地のおじさんたちが、真理子さんたちを助けに来てくれたことがわかった。援軍は月華天地の会ではなく団地の人たちだったのだ。形勢逆転である。

カン。カン。カン。

フーゴくんとおじさんたちは、互いの武器でチャンバラみたいに打ち合った。フーゴくんのバールのようなものに対して、おじさんたちはウソっこ捕り物道具で打ちかかる。

見守る真理子さんは、手に汗にぎってハラハラドキドキしていた。フーゴくんは圧倒的に強い。しかし、おじさんたちは数で勝っている。捕り物道具も、意外に役に立っている。

カン。カン。カキ……ッ。

バールのようなものが、折れた。ああいうものは金属だから、簡単に折れたりはしないだろうに。真理子さんは目を凝らしたが、照明の具合なのか全員の姿が影絵みたいになって詳細がわからなかった。わかるのは、フーゴくんが窮地に陥ったということ。

はくしょん。はくしょん。

フーゴくんが、くしゃみをした。明らかに成人男性のくしゃみ——人間の声である。

すっかり捕り物気分になってしまったおじさんたちは、口々に「おそれいったか」とか「ふんじばれ」とか、時代劇の岡っ引きみたいなことを口走った。

「………！」

追って来るおじさんたちに、フーゴくんは体形からは考えられないような敏捷《びんしょう》さで後ずさると、まるで忍者を思わせる小股走りで逃げ出す。追いすがるおじさんたちに向かって、折れてしまったバールのようなものを投げつけた。フーゴくんはよっぽど慌てていたようで、戦いでは大変な運動神経の良さを証明したくせに、視界から消えるまでに三回転んだ。

「あいつ、かなり動揺していたな」

と一人がいって、フーゴくんが投げ捨てていったバールのようなものを拾い上げた。明かりの中で見ると、それはバールには似ても似つかない代物だった。平仮名の「し」の字の縦棒をぐいーと伸ばしたような杖である。オレンジがかった赤と白の斜め縞で、何か温かい記憶を喚起させるような、平和で可愛らしい格好をしているのだ。

（クリスマスに飾る、キャンディスティックの巨大版って感じかも……）

真理子さんは、そう思った。ともあれ、武器に相応しいものではなかった。

おじさんたちは偉そうに「インチキ野郎め」と笑い、相手が怪物ではなく人間だということにまだついて行けてない高齢の紳士が「念仏を唱えてやった」と勝ち誇った。この老紳士を除く皆は、間近に接したフーゴくんが生身の人間であることを実際に確かめたので、とても満足している。

「やっぱり、名誉隊長の読みは当たっていたんだなあ」

一同はご機嫌で褒めてくれたけど、真理子さんは情けない顔をした。

「でも、あの着ぐるみが月華天地の会の差し金だという証拠が、摑めませんでした……」

われ勝ちに手を差し伸べるおじさんたちに助けられて立ち上がると、薄幸そうな仕草でスカートの土埃を払う。それが大変に色っぽかったので、一同はデレデレした。

そんな風に男性にちやほやされるのは慣れ過ぎて嬉しいともウザいとも思うことなく、真理子さんはただ落ち込んでいる。玉手岬まで行ったのに特に収穫もなく、小学生の田辺少年に危険な情報をもらしてしまったり、フーゴくん相手に何の成果もあげられなかったりと、真理子さんは探偵としての自分を情けなく思った。

(こんなドジ、想定外……)

真理子さんは上目使いに月をあおいでから、気を取り直したように背筋を伸ばした。バールのようなもの、もとい、折れた巨大キャンディスティックを拾い上げる。

「これ、落とし物として、警察に届けた方がいいのかしら……」

真理子さんはその日から一週間、海原川団地に泊まり込んだ。おじさんたちともども、パトロール隊としてフーゴくんの反撃にそなえたのだが、捕り物騒ぎの夜以来フーゴくんは出て来なくなってしまった。その頃には、探偵としての自信も戻りつつあった。

（でも、念には念を入れなくては……）

有能な女探偵として、真理子さんは密かにそう思っている。

＊

活劇の夜から八日目、真理子さんはシフォンのシャツに花柄スカート、愛用している踵の細いヘップサンダルといった、あまり行動的ではないいつものスタイルで、月華天地の会の道場へと単身で乗り込んだ。

敵地は前に見たときと変わったところはなかった。つまり、ひどく怪しく物々しい。実物のスケールを無視した象や蛇や女性の像が広い前庭ににょきにょきと並び、背景には像と同じ純白の寺と神社を混ぜたような形の建物がある。

それらと同じ白い塀がぐるりと敷地を囲み、門のところに警備員らしい人が居た。年嵩と若者の二人の男性で、強そうな感じのする制服を着ていたが、その色は目に刺さるような薔薇色だ。それで、真理子さんはますます緊張した。

ところが、薔薇色のおじさんと若者は、世にも美しい女性が近づいて来るのを見て気を良くしたらしい。神や教祖に身も心も捧げていたとして、やっぱり美人は好きなようだった。いや単に、真理子さんを入信希望者と思い込んだのかもしれない。

「教祖さんにお会いしたいんですけど……」

真理子さんの細くて頼りなげな声に、年嵩の警備員はデレデレし、若者の方はきびきびした動作で連絡をとってくれた。

「入信希望の方が、オヤカタさまに面会を求めていらっしゃいます」

オヤカタさまというのは、比留間真空のことだろうか。真理子さんは、勢いだけでここまで来たが、全ての騒ぎの黒幕かもしれない比留間を相手に、どう切り出していいのか少しも算段していなかった。

(こうなったら、奥の手よ……)

気合いを入れる真理子さんの前で、若い警備員は懸命に電話の向こうの人に説明する。

「いえ、大変にきれいな女性で——。はい、はい、ここにいらっしゃいます——」

若者はとても緊張した声で、あれこれと話していたが、そんな強張った面持ちのままで受話器を置いた。真理子さんはおのれの優れた容貌や色香に頓着していないようでいて、実のところその使い道をちゃんと心得ていた。キャバ嬢をしていた経験から、手練手管は得意とするところなのだ。うぬぼれるでもなく思いあがるでもなく、比留間真空をどうやって手なずけようかと考えた。チョメチョメとか、キュッとか、チュッとか……。

ほどなく薔薇色作務衣の一組の男女があらわれ、真理子さんは白亜の建物に連れて行かれた。

両開きの自動ドアが開いたとたん、お香の強いかおりが押し寄せてきた。芳しいにしても度を越えていたので、真理子さんは思わずくしゃみをする。薔薇色作務衣の二人は、もう鼻が慣れているのか平気な様子である。

「大丈夫ですか？」

「はい、すみません……」

真理子さんは、ペコペコと頭を下げてから鼻をかんだ。

(何から何まで、なんだかすごい……)

外にあるのと同じ形の観音あるいは女神像、象の像、蛇の像のほか、曼荼羅《まんだら》に似せた迷路のパズルみたいな模様のタペストリー、熊のはく製、壷、火炎太鼓——。いかがわしい品だけを集めた美術館みたいな広い廊下を延々歩き、幾人もの薔薇色信者たちとすれ違っては、おずおずと会釈する。信者たちは、合掌して「ソントクソントク」と呟いた。いずれの者も、前に本庄さんたちに対応していたときのような険悪さがなく、ごく礼儀正しい。でも、やっぱり得体が知れないから落ち着かない。

「あの――」

真理子さんは、前を行く案内の二人に問いかけた。

「ソントクって、どういう意味なんですか……？」

二人は足を止め、互いの顔を見て束の間思案顔になり、それから真理子さんを振り返った。

「二宮《にのみや》尊徳のソントクですかね。ほら、昔、小学校の校庭にあったりした」と男性信者。

「え？　わたし、お金の損得のソントクだと思っていましたが」といったのは女性の方。

「どちらでもいいんです。なにごとにつけ無心に唱えることで、宇宙の気を取り込む扉が、おのれの中に開くのです。宇宙と一体になることで、大いなる力を得る。その力は鋼鉄の鎧《よろい》に勝り、刃や弾丸をもしのぐ究極の武器となる」

「えーと……」

真理子さんは、情けない顔をした。

「ファンタジーって感じ……？」

率直な感想を口にしたが、二人は無視してまた歩き出した。案内される真理子さんも、歩きに歩き、さらに歩いた。

白い建造物は外から見てもとても大きかったが、こんなに歩いて一度も曲がらないというのは可怪《おか》しかった。さりとて、円を描いて回っているのでもない。廊下はひたすら真っすぐに延びているのだ。窓は一つもないが、白い天井のみならず、白い床、白い壁から、白い光が煌々《こうこう》と照っている。おかげで、影はどこにもない。まるで黄泉《よみ》の国のような場所だと真理子さんは思った。

そして、前を行く二人は小声で「ソントクソントク」と、二宮尊徳でもなくお金の損得でもないらしい呪文を、小声で唱えているのだった。それが真理子さんの頭の中でも回り出したころ、二人はようやく立ち止まった。

「お入りください」

これまでやり過ごしてきた多くのドアと見分けがつかない、プレートも表札もない入り口を開けて、二人は恭しく会釈する。真理子さんはおっかなびっくり中を覗き込んだ。中央に巨大な天球儀と一体化した丸テーブルが置かれ、惑星の形の椅子がそれを取り巻いていた。この部屋には窓があり、薔薇色のカーテンがかかっている。

「お待ちください」

真理子さんが椅子に腰かけるのを見届け、二人は退出してしまった。ドアが閉められ、真理子さんは急に不安になる。ドアが閉じると同時に、鍵をかけるような「カチャカチャ」という小さな金属音が聞こえたのである。

しかし、ドアは施錠されていなかった。

だからといって、ここに来るまでの長い長い距離を、一人で引き返すことができるだろうか。トイレに行きたくなったら困るわ……。と、真理子さんは現実的なことを考える。そして、薔薇色のカーテンに縁どられた窓辺に近寄り、目をぱちくりさせた。

この天球儀の部屋は、三階ほどの高さにあった。しかし、ここに至るまで階段はのぼっていない。廊下が微妙に上り坂になっていた？　何のために？　そういう意味のないことをすると、宇宙の気とかを取り込めるのか？

「ソントクソントク……」

思わずそう唱えていたら、ドアノブが外から回された。

教祖に直談判をしに来たのだから、待たされるのは不本意だ。でも、いざ敵の首魁と対峙すると思ったら、怖くなった。比留間真空とは、いかにも恐そうだし怪しげな名前だと思う。ハニートラップが効く相手でありますように！

しかし、現れた人物を見て、再び目をぱちくりさせた。いかにも邪悪な感じのするおじさんが来るものとばかり思っていたが、部屋に入って来たのは小柄で平凡な感じのおばさんだった。

「お待たせして、すみませーん」

手には、アイスコーヒーのグラスを載せたトレイを持っているので、この人もまた雑用係の信者なのだろうと判断した。

（怖いボスは、まだまだ来ないのね……）

おばさんは、長くもない髪の毛をひっつめにして、ちょっとカピバラに似た面相に愛想笑いを浮かべていた。テントウ虫と花模様がプリントされたタオルハンカチで額をぬぐい、首筋をぬぐい、「更年期のホットフラッシュで大変で――」と、汗をぬぐう理由を説明する。

でも、そこから先が長かった。更年期障害について、俗説、通説、医学的なこと、自分の体験談、友人知人から親や親戚のエピソードを、大変な勢いでしゃべりだした。

真理子さんは面食らう。一言も口をはさめない。なにせその人の話しっぷりは、言葉の弾幕とさえいえるほどに途切れないのだ。さりとて、声はどちらかというと細くて高くて、口調は平和なおしゃべりの域にとどまっている。ともあれ、更年期を迎えるにはまだかなり時間がある真理子さんとしては、あまり興味が湧かない話題だ。いや、見るからに妙齢の女性に更年期障害について得々として語っても、相手が困るとは思わないのだろうか？　それが、まったく思わないらしい。

「あの、あの、あのあのあの……！」

真理子さんは声を振り絞って、相手の言葉を中断させた。その必死な様子に、おばさんは、ふと口を閉じて不思議そうな顔になる。

（あ……。黙ってくれた……）

しかし、ここで隙を見せては元の木阿弥である。

「あの、あの、教祖の方にお話があるんです……！」

「あらー、すみませーん」

おばさんは、いかにも申し訳ないというように、でもそれは多分に表面的だというのがわかる調子で大げさに眉根を寄せた。

「オヤカタさまねー、ちょっとバタバタしていて、今も出かけているんですよ。代わりに、わたしがお話を聞くのではいけませんか?」

それは、困る……というのも失礼だろうか……。困る真理子さんの前に、おばさんは作務衣と同じ薔薇色の小さな厚紙を差し出した。同系色の濃淡で幾何学模様がプリントされた瀟洒なものだが、金文字で名前や連絡先などが書かれてあった。名刺らしい。

月華天地の会　教祖代理　比留間美代子

そこに書かれてある文字が、頭にしみこむまで少し時間がかかった。

(確か……)

本庄さんたちが訪ねて来たとき、教祖の妻のことも話題にのぼった。

——教祖もタチが悪いけど、教祖の妻はもっと怖いのよ。手段をえらばない刺客なんだから。

その刺客の名前が美代子だと聞いた覚えがある。本庄さんたちの恐ろしげな話しぶりから、真理子さんは比留間美代子という人物は、血も涙もない女帝のような、継子に毒林檎を食べさせる魔女のような、そんなタイプだと想像していた。でも、実際の比留間美代子という女性は、ごく平凡で庶民的に見える中年女性である。

真理子さんはホッとすると同時に落胆した。目の前の気さくな女性は、魔女や女帝に比べたら話し易そうだ。しかし、油断は禁物である。同性に嫌われる真理子さんは、こういう常識のありそうな主婦タイプにも、たびたびとことん嫌われて来た。前もって助っ人としてかかわった海原川団地の人たちはともかくとして、ここはその海原川団地と敵対する月華天地の会の本拠地。嫌われる要因×2である。

（……じゃなくて……）

そもそも、夫人ではなくて教祖の比留間真空に会いに来たのだ。好かれるとか嫌われるなどという問題ではない。でも、こう見えて怖い人だというし、つまり力のある人なのだから、旦那さんにビシビシといってくれないだろうか。幸い、今のところ険悪な雰囲気にはなっていないし。

「あの……海原川団地のことなんですけど……」

「海原川団地？」

比留間夫人は、「はて？」というように首を傾げた。それがいかにも話のわかる人といった風情だったので、真理子さんは思い切って話を続ける。

「前から、フーゴくんの着ぐるみが出没していまして……」

「え？　フーゴ、くん？　はい？」

比留間夫人は、問いかけるように曖昧に笑った。

「ですから、こちらにフーゴくんが居ますよね……？　ていうか、フーゴくんってこちらの関係者ですよね……？」

「いいえ。そういう名前の者はいませんが？」

「え……？」

「え？」

「あの……。ひょっとして……」

真理子さんは、自分の推理が土台からくずれ出すのを感じた。海原川団地の怪奇現象は、月華天地の会のしわざではないのか？　真理子さんは、比留間夫人に団地の騒動について改めて説明した。

「ああ、それはうちとは関係ないわ」

「でも、こちらは前から海原川団地の人と衝突があって……」

「確かに、海原川団地の人たちからクレームが来ることはありますねえ」

比留間夫人は、眉間にしわを寄せて「困った」という顔をした。

「おうちの方が、月華天地の会に入信した。そのことに反対する人は海原川団地に限らず居るんですよお」

脅迫状を送りつけられたり、窓ガラスを割られたり、敷地内に侵入されて白壁にペンキで落書きをされるなどというイヤがらせは頻繁に起きている。

「そんな、大変……」

「わたしなんか、うっかり歩いてて、クルマに轢《ひ》かれそうになったりしたことがあるんですから」

比留間夫人は、そこからまた立て板に水の調子で、信者の家族から受けたイヤがらせについて話し出した。仰天するエピソードあり、サイコホラー顔負けにエグイ話ありで、真理子さんはいちいち感心したり、同情したりしながら聞く。

「月華天地の会に関して間違った情報を流している人も居ますが、信じて頼ってくれる人も大勢いますから、わたしたちも精一杯がんばります。あなたも困ったことがあったら、いつでも来てください」

比留間夫人はとても感じよくいって、なんとハグまでしてくれて、ドアに案内した。

「右の方に行きますと、すぐに正面玄関ですから」

「え……？」

廊下に出て、比留間夫人は腕をさっと伸ばした。

真理子さんは、示された方を見て狐に抓まれたような気分になる。

部屋のすぐとなりが、見覚えのある象の像や曼荼羅が飾られた玄関ホールになっていた。来たときに延々と歩かされた長い廊下が、まるで空間を切り取ったかのように消えているのだ。さらには、部屋は三階だったはずなのに、ドアを出ただけで一階に降りている。

「どうしました？」

比留間夫人が、感じの良い笑顔で顔を覗き込んでくるので、真理子さんは「いえいえ……」とか「大丈夫です……」と小さな声で答えた。

このまま外に出たら、まったく別の空間に放り出されるのではないか。そんなことを考えたが、自動扉の外はやはり広い前庭で、玄関ホールにあるより大ぶりな象の像なんかが屹立している。

白砂を敷いた平坦な地面でなぜかコケそうになりながら、真理子さんは思案した。海原川団地の怪異が月華天地の会の仕業だという推理（？）が団地の人に大いに歓迎された分、「ちがいました……」などといわなくてはならないのは気が重かった。落胆させたり、いっそう怯えさせるのは、ひどく気の毒だ。糅《か》てて加えて、怪奇現象で困っている人たちを、間違った推理で翻弄したのだから罪悪感でいっぱいである。

門から出るころには、鼻の奥に残っていたお香のかおりも消えていた。

8　真理子さん、逃げる

間違いました、ごめんなさい……。

と、海原川団地に連絡するのを思いとどまったのは、突然の剣呑《けんのん》な事件のせいだった。

それが真理子さんを襲ったのは、たそがれ探偵社への近道、狭い路地を歩いていたとき。

古びた雑居ビルや賃貸マンションや、居酒屋や中華料理屋が、ひしひしと身を寄せ合うようにして建っている道だった。ゴミ出し用の青いバケツが転がって、少し離れた場所からハシブトガラスが、哲学的なまなざしでこちらを振り返る。風が強く吹いていた。路地を通り抜けた先に電線が揺れているのが見える。

ふと強い芳香が鼻をついた。

（これ、流行っているのかしら……？）

そう思ったのは、風に乗ってきたかおりが、月華天地の会に充満していたお香とよく似ていたからだ。

その瞬間のことである。

風が乱れた。

というのは、頭上から落ちてきたものが、空気と埃を否応なくかき乱したからだ。それは汚れた地面に当たって、壊滅的な音をあげてひしゃげた。

驚いたカラスが、非難がましい声で鳴いて飛び去った。カラスよりもっと驚いた真理子さんは、ぺたりとその場に座り込んでしまった。

落ちて来たのは、白い機械のようなものだった。両手で抱えて持ち運びが出来そうな大きさの、プラスチックのかたまり。黒いコードが気絶した蛇のように伸びている。落下の衝撃で砕けたりひび割れたりしている本体には、「超静音」やら「裁断枚数6枚」などと書かれたシールが貼りつけられていた。シュレッダーである。家庭用の簡易なものだが、小さな事業所でも使われているだろう。たそがれ探偵社にも、似たようなものがある。

反射的に見上げた。

左側には雑居ビル、右側は古びた賃貸マンションが建っている。双方ともこちら側の壁に窓が穿たれているし、屋上もあった。路地はごく狭く、シュレッダーはその中間に落ちていた。だから、落下元がわからない。風に飛ばされて落ちて来るようなものではない。置き方が悪くて落ちた——というような置き方をする場所もない。

（つまり……）

故意に落とされたのは明らかだった。なぜ？　下を通る真理子さんをやっつけるため。そこまで考えて、真理子さんは薄い両手で頰を覆った。

（命を狙われたってことよね……）

身に覚えは——と、記憶と行状をスキャンする。最近は、個人的なトラブルはなかったと思う。不倫もしていないし、他人の恋人を奪ったりしていないし、思い込みの激しい男に付きまとわれて……もいないと思う。直近でかかわったトラブルは、海原川団地と月華天地の会の衝突だけである。

——教祖もタチが悪いけど、教祖の妻はもっと怖いのよ。手段をえらばない刺客なんだから。

宮本さんのいった言葉が、胸によみがえった。

たった今会ったばかりの比留間夫人が、真理子さんのいい分に腹を立ててこんなことをしでかした？　いやいやいや。いくら気が短くても、こんなことまでするなんてどうかと思う。いや、短気だとかいう問題ではなく、こんなことしたら駄目でしょう。第一、比留間夫人は別に怒ってなどいなかった。むしろ、感じの良い人だった。でも……と、真理子さんは思う。外面似菩薩内心如夜叉《げめんじぼさつないしんにょやしゃ》なんて、女にはたやすいことなのだ。腹に一物を持っているほど、優しいフリをするなんてよくあること。でも……とふたたび思う。海原川団地へのいやがらせをやめてくれといったのが、どこがどうひん曲がれば、これほどの怒りを喚起するのか？

真理子さんは、地面に打ち付けられて無残な姿になったシュレッダーを茫然と見つめ、口の中がからからに乾いていることに気付いた。

（はやく帰って、豆乳を飲もう……）

逃げるような速足になる。細いヒールがアスファルトに当たる音が、いかにも頼りなく響いた。豆乳、豆乳、豆乳と、災厄を祓う念仏のように唱えながらバス停をやり過ごして、歩道を歩く。ひたすら歩く。バスに乗ったら、またまた刺客が待ち伏せしていて、今度はもっと強力な業務用シュレッダーでブン殴られる——ような気が頻りとして、こうして歩くよりほかに何も考えられなかったのである。

そんなとき、後ろからクラクションなんか鳴らされたので、真理子さんは飛び上がるほど驚いた。

——探偵さん、探偵さん。

クラクションが鳴ったのと同じ方向から、しきりとそう呼ぶ声がする。探偵というのは、そうそうあちこちに居るものではない。ひょっとして自分が呼ばれているのか。とうとう刺客に追いつかれた——。

怯えた目で振り返ると、そこには月華天地の会の刺客ではなく、本庄さんが居た。月華天地の会に奥さんが入信して困っている、あの本庄さんだ。

「送って行くよ、探偵さん」

個人タクシーと書かれた行灯と、制帽をかぶった痩せた顔を見比べた。へなへなと力が抜ける。

「あの……あたし……今……」

地獄で仏に会うと、何もかもしゃべり尽くしてしまうのは人情である。真理子さんは、月華天地の会の道場を訪れてからシュレッダーで殺されかけるまでの一部始終を、涙声で打ち明けた。あまり話し上手な方ではないから、こんなに一人でしゃべったのは人生で初めてのことかもしれない。

聞き終えた本庄さんは、親切だが深刻な声を出した。

「そりゃ、大変だ。警察に行かなくちゃ」

「警察……？」

警察に届けるなど、考えてもみなかった。いや、探偵ともあろうものが、怖い目にあったからといって警察に泣きつくなんて、そんなストーリーのドラマも映画も観たことがない。『アイフル大作戦』の小川真由美も、『こちらブルームーン探偵社』のシビル・シェパードも、そんなことは絶対にしないと思う。

「テレビドラマの話をされてもさあ」

本庄さんは困ったようにいったが、『アイフル大作戦』の小川真由美はイカシていたなあと、感情を込めて呟いた。

「でも、探偵さん。あの女を舐めたら、ひどい目に遭うぞ」

あの女とは、比留間夫人のことをいっているらしい。

「あの女に目を付けられたら、命がいくらあっても足りん。警察にも届けないというなら、あんた、しばらく身を隠すしかないよ」

「身を隠すって……？」

「逃げるってこと」

「そんな……」

小川真由美もシビル・シェパードも、そんなことしません……。と、いつにない強い口調でいってから、さらに胸を張った。

「あたしを頼ってくれている海原川団地の人たちを置いて、一人で逃げるなんてできません……」

真理子さんは無理していたし、強がっていたし、やせ我慢もしていた。全ては空元気であった。でも、いったことは、本心であった。

「命あってのものだねだよ。自治会長や皆には、おれからいっとく。あんたがやっつけてくれたおかげで怪物はもう一週間も出ていないんだから、大丈夫だ」

やっつけたのは、団地のおじさんたちではないか。真理子さんはただのいいだしっぺに過ぎない。だから、ちゃんと問題解決に貢献したくて、比留間真空に会いに行ったのである。——という説明を蒸し返すほど、真理子さんは自虐的にはなれなかった。

「だけど、本庄さんの奥さまの方は……」

「うちのやつは信者になって向こうに居るんだから、危険なことはないさ。だけど、今のあんたはそうじゃない。比留間美代子ってのは、本当に恐ろしい女なんだぞ」

タクシーはたそがれ探偵社に着き、本庄さんは「逃げろ」「隠れろ」と念を押してから仕事にもどって行った。

いつものクセでエレベーターを使わずに階段で四階まで昇ったら、途中でかかとが段から外れて転げ落ちそうになった。ああ、何をやっているのだろう……と、暗い気持ちになってたそがれ探偵社のドアの前に立ち、真理子さんはフリーズする。ドアに取り付けられたすりガラスの小窓が、粉々に割られていた。

施錠はされたままなので、侵入目的ではない。壊されたガラスの破片からは、悪意と敵意の残滓《ざんし》が光線のように放射されているような気がした。

バッグから鍵を取り出して、おそるおそるドアを開ける。

やはり事務所の中にまで入られた形跡はない。でも、床に散らばったガラスと、その真ん中に落ちた四角い物体が、いかにも剣呑な感じだった。

四角い物体とは布にくるまれた煉瓦《れんが》で、布は真理子さんのシャツと同じくふわふわのシフォンだ。透けるほど薄い布に、赤黒い糸で刺繍が施してある。それは達者な筆跡の文字列だった。

——すぐに、海原川団地から手を引け。

真理子さんは心臓を摑まれたくらいショックを受けたが、それは怖さとか腹立ちのためばかりではない。

（どうして……？）

こんなことをされるほど嫌われて憎まれていることが、耐え難いほど悲しかったのだ。世界中の人が仲良くするなんてできないとは思うし、人一倍に愛憎の対象になり易いタイプではあるものの、真理子さんはやはり愛の人なのである。

（くすん……）

などという過剰な女っぽさが、多くの同性から嫌われる原因なのではあるが——。

——毎度ありがとうございまーす。またお待ちしてまーす。

小窓が壊されて通気性のよくなったドアから、階段下の物音が小さく聞こえた。かすかな騒音は、頭を撫でる優しい手のように感じられた。それで、「くすん……くすん……」と一人で甘え声を呟いていたら、スマホが鳴った。なぜか大音量で鳴った。

真理子さんは慌てふためいてポケットを探し、そもそもポケットがないのでバッグを掻きまわした。キラキラに飾ったスマホは、化粧ポーチとティッシュケースとソーイングセットとヘアブラシと手鏡とサクマドロップスの缶の下で、狗山《いぬやま》神社の御守りの紐にからまれていた。

「もしもし……」

耳に当てると、大島ちゃんが「あんまり出ねーから、死んだかと思ったよ」などとシャレにならないことをいう。真理子さんは思わずムッとして黙ったが、大島ちゃんは気にすることなく、用件をいった。

――タラチネ製作所に発注してた品物を受け取って、すぐにこっちに来てくんねー？　ワリーけど、代金は立て替えといて。じゃ、大至急な。

一方的にしゃべった後で、一方的に通話が切れた。

真理子さんは月華天地の会の襲撃で受けたショックも忘れて、大島ちゃんの仕事机を調べた。煙草、天眼鏡、ライター、白手袋、巻き尺、モデルガン、盗聴器、自動撮影のカメラ、エロ本、近所のお焼屋のメンバーズカード、止まった腕時計、壊れたブリキのロボット、歯医者の診察券など、真理子さんのバッグよりも混沌としたものが地層のように積み重なる中、タラチネ製作所と印字された紙片が出てきた。千切り取った包装紙のようだ。

――着ぐるみのことなら「タラチネ製作所」一個からオーダー承ります。

（着ぐるみ……？）

フーゴくんの怪物のことを思い起こすが、すぐに目の前の紙片に意識を集中させた。所在地はないが、電話番号が印刷されている。掛けてみると、三十四回の呼び出し音の後で、眠たそうな男の声が電話に出た。

住所を教わって、すぐに出かけた。ドアのガラスは割れていたが、いつもどおり施錠は怠らない。

＊

少し前にはバスに乗れば刺客が居るなどと本気で考えていたのも忘れて、タラチネ製作所へはバスで行った。埠頭《ふとう》近くの倉庫街に町工場が集まる一角があり、タラチネ製作所もその中にひっそりと建っていた。シャッターの下りた入り口らしい場所で呼び鈴を押してから、敷石のある雑草だらけの湿っぽい通路を経て工場《こうば》に向かった。外壁にトタンを張り付けた蒲鉾形の建物があり、そこがタラチネ製作所の工場であり事務所だった。

電話の声と同じく眠そうに話す社長と、若い従業員が一人だけ居る。出迎えるのが男性ならばどこに行こうと歓迎されてチヤホヤされる真理子さんだが、ここではしごくそっけなくされた。

「大島ちゃんのとこの人？」

眠そうな声の社長は粉だらけの作業着を手で叩きながら、そのへんに座れと顎で示した。そのへんといわれても、いかにも座り心地の悪そうなパイプ椅子が一脚あるほかは、逆さにしたブリキのバケツと、逆さにした素焼きの植木鉢と、積み上げたブロックがあるばかりだ。

「あんた、大島ちゃんのこれ？」

と、小指を立てて訊かれたので、真理子さんはものなれた風に苦笑してみせた。

「秘書です……」

「へー。そー」

「大島さんが注文していた品を受け取りに参りました……」

「おい」

社長は一心不乱に発泡スチロールを削っている従業員に、亭主関白な亭主みたいに声を掛けた。従業員は作業を中断すると、返事もせずに奥の暗がりへと行ってしまった。

（ハードボイルドって感じ……？）

真理子さんが辺りを見回していたら、社長が少しばかりいそいそした様子で近づいて来た。丸いステンレスのお盆に、山のような白パンとジャムと紅茶のポットが載っている。

「今、焼きあがったばっかりさ」

お菓子作りの趣味を持つ者として、真理子さんは思わずはしゃぎ出す。ハイジのお話に出てくるみたい……というと、社長は粉のついた手で顔を撫でた。

「あれは美味そうだったからねえ。実はおれも、あのアニメの真似をして作っているわけなんだよ」

「ハイジのストーリーは、アニメと小説だとかなり違うんですよ」

評論家みたいなことをいいながら、さっきの若い従業員が、新聞紙に包んだ棒状のものを持ってきた。これが大島ちゃんが発注したものだという。確認するようにいわれて、包みを解いた。とはいえ、前もって何の説明もされていないので、確認のしようがない。新聞紙を取り除けて出て来たものを見て、真理子さんはある意味でよりいっそうに混乱した。

「これは……」

「これだよ」

社長が褒めてほしそうな得意顔をしている。「可愛い……」とか「素敵……」とかいった方が良いとは思ったが、真理子さんの口を衝いたのは「なぜ……」だった。

というのは、新聞紙の包みの中から出てきたのは、オレンジがかった赤と白の斜め縞の、巨大なキャンディスティック状の棒だったのだ。樹脂製で、つやつやしている。フーゴくんが持っていたバールのようなもの——おじさんたちと戦って折れた、あの恐ろし気な武器そのものである。

どうして、大島ちゃんがこれを注文したのか。

どうして、これを蓼食村に持って来いというのか。

「七一、五〇〇円ね」

「え……？」

思いがけない金額をいわれ、真理子さんは、一瞬いろんなことを忘れる。

「税込み、七一、五〇〇円。世話になったよしみで、かなりオマケしたんだから、大島ちゃんにそういっといて」

「あ……」

立て替えをサラリと頼むような金額ではないじゃないか。少なくとも、たそがれ探偵社の安月給では、おいそれと払える額ではない。七、一五〇円でも、やはり同じことを思っただろう。

「あの……。カード、使えますか……？」

失礼ながらそんな風には見えなかったので、ツケにしてもらおうと思って訊いてみた。ところが、社長はあっさりと「使えるよ」などという。真理子さんは落胆して支払いを済ませ、社長に勧められるまま白パンと紅茶を御馳走になった。

まだ温かいパンは、ほんのりとバターが香って美味しかった。お手製のジャムは少し甘過ぎるが、これもまた美味しかった。若い従業員は、まだ「ハイジ」についてあれこれと説明していた。

巨大キャンディスティックを再び新聞紙で包んで、真理子さんはタラチネ製作所を後にした。たくさん焼いたからといって、白パンをお土産にもらった。立て替えた七一、五〇〇円は返してもらえるのだろうか……。大島ちゃんの性格を考えると、不安でたまらない。

バス通りに続く路地を歩きながら、真理子さんは不意に既視感に捉われた。

ふと、良い香りがした。この匂いは、最近どこかで嗅いだ覚えがある。

(どこだったかしら……)

そう思って、何の気なしに立ち止まったときである。

風が降って来た。

いや、風ではない。

人が降って来た。

狭い道の左側が雑居ビル、右側が古い賃貸マンション。さっきと同じである。でも、落ちて来たのはシュレッダーではなく、人間——シフォンのシャツに花柄のスカートをはいた若い女——。踵の細いヘップサンダルをはいた女。そう気付いて、真理子さんは血の気が引いた。

目の前に転がっているのは、真理子さん自身だった。

地面に当たった頬やら関節やらが砕けていた。それは、真理子さんそっくりに造られたマネキン人形だった。風が、もう一度あの香りを運んでくる。それは月華天地の会で焚かれていた、お香の残り香だった。

9　蓼食村へ

真理子さんはバス通りまで駆けて行くと、タクシーを拾って駅まで乗り付けた。今度は本庄さんが通りがかってくれなかったから、耳をそろえて運賃を払った。領収書を財布にしまいつつ、これは経費で落ちるのだろうかと考えた。

（タクシー代どころじゃないし……）

真理子さんの「ま」は、魔性の女の「ま」。泥棒猫とは真理子さんの別名。不倫相手の奥さんの差し金で、夜道でライトを消したクルマに轢かれそうになったこともある。そんなこんなが高じて、殺人事件の被害者にまでなったことがある。

でも、わざわざ真理子さんそっくりの人形を頭上から落として命を狙うなんて、陰険過ぎる。そもそも、アコギなことをしたのは月華天地の会ではないか。ちょっと文句をいったくらいで、わざわざ特注マネキンを拵えるなんて異常である。いや、シュレッダーを落とした時点ですでに異常だったのだ。事務所のドアを壊したのだって十分に異常だし、脅迫状の文句を刺繍するなんて変過ぎて、もう付ける薬もない。

（なのに、なのに……！）

標的に向かって瓜二つの人形を落としてのける、その暗い情熱、その執念怨念魂胆のドス黒さは、ゾンビの口臭くらいおぞましい。と、真理子さんは思った。

もはや、理屈をいっている場合ではない。三十六計逃げるに如《し》かずである。

それで事務所にもどることすらせず、蓼食村に向かった。大島ちゃんに例の巨大キャンディスティックを持参するようにいわれていたから、良いタイミングではあった。

蓼食村へ行くには、玉手岬へ行ったときと同じローカル私鉄に乗る。今日は二両編成だったが、車両は同じくらいがら空きだった。旧道のトンネルを過ぎ、人形売りが居た（と、思い違いをした？）砂浜は前に見たよりも波が高くて殺風景な感じがした。

ゆりかごのように単調な揺れの中に沈んで、真理子さんはあの落ちてきたマネキン人形と同じくらい放心していた。驚嘆とか恐怖とか納得できない理不尽さとか、それがあんまり大挙して込み上げてきたので、却って気持ちが散漫になり、眠くなった。

目が覚めると、もう蓼食駅の近くまで来ている。良い夢を見ていたようで、乗ったときとはまるで違うご機嫌さで列車を降りた。

蓼食は無人駅で、線路の向こうに迫った山の斜面は、いまだ夏の色を残していた。町場よりずっと元気な虫たちが、しのぎを削るように鳴いている。

降りた客は真理子さん一人だった。

駅前は広場になっているが、周辺には商店どころか民家すらない。ぽつねんと佇むバス停には、上りと下りのバスの時刻が、朝と夕方にそれぞれ一本だけ載っていた。行き先は「鴉野《からすの》」と「晴谷《はれだに》」。どっちもそれがどこかもわからないし、乗るにしたって次のバスは夕方である。もちろん、客待ちのタクシーも居ない。まさに、人っ子ひとりいない。

大島ちゃんから送信されてきた地図を眺めた。手書きの紙を撮影したものだ。小学生でももう少し要領を得たものを書くだろうと思うくらい稚拙《ちせつ》で、おまけに写真がおおいにブレていた。走り書きというよりは殴り書きして、それを殴り写して、確認もせずに送ってよこしたらしい。

そんな地図では右も左もわからないので、ちょっと文句をいってから迎えに来てもらおうと思った。ところが、いくら掛けても大島ちゃんは電話に出ない。メールを書いて（月華天地の会を訪問した後で九死に一生のイヤがらせを受けたことから書いたので、大変な長文だった）みたが、いつもはすぐに来る返事が今に限って一向に来ない。

（大島さんに、何かあったのではないかしら……）

そう思ったらじっとしていられなくなった。駅から延びている道に、きゃしゃなヘップサンダルで踏み出した。

最初のうちは、広々とした田舎の風景が続いた。どこで間違ったのかといえば、後々になってもすぐに思い出せた。「近道コチラ☞」という立て札が出ていたところだ。いったいどこへ向かう近道なのかもわからないのに、真理子さんは素直に従って「コチラ☞」の方へ足を進める。そして、迷った。

田舎道だったはずの道路は、気が付けば山道になっていた。さっきまでは、まだクルマが通るくらいの道幅はあったのだ。周囲は穂が垂れ始めた田んぼや林檎《りんご》畑だった。それが、いつの間にか道は狭まり、視界も緑の藪《やぶ》に遮られ、真理子さんは鬱蒼《うつそう》とした森——あるいは山の中に居た。

（遭難しちゃう……）

そう思って焦り出したのは、どこに着くともわからない獣道を小一時間も歩いたころだった。周囲を見渡したとき、幸運にも手ぬぐいを姉さんかぶりにした老女を見つけた。かなりの距離にもかかわらずそれが老女だとわかったのは、割烹着にモンペ姿で腰が曲がり、いかにも山野草や山菜を探す地元のおばあちゃんといった感じがしたからだ。

「あの……、あの……、あの……！」

真理子さんは老女に道を訊こうと、懸命に追いかけた。こんな獣道を歩くのにまったく適さないサンダルで、真理子さんは案外とすたすた歩いた。もしも陸上競技の中にヘップサンダル競歩などというレースがあったら、表彰台に上がれるくらいだ。

それにもかかわらず、老女には追い付けない。おそらく悪路に適したゴム長などを履いて、山歩きもお手の物なのだろうが、何かが可怪しい。二人の間には、ほぼ同じ距離が保たれている。それはまるで磁石の同極のようでもあった。こちらが止まれば、老女も止まる。懸命に追えば、同じだけ離れるのだが、その姿勢はまるで足元の山菜を収穫するような姿勢のまま、すぅすぅとけっこうな速さで遠ざかるのである。そして、気がつけば周囲の緑は暴力的なまでに濃くなっていた。

これはひょっとして、山の妖怪……？

という思いが頭をかすめたのは、ちょっと遅かったかもしれない。慌てて逃げようと思ったとき、後ろから肩を叩かれた。

「きゃ……っ！」

心底から驚いたので、漫画みたいに飛び上がってしまった。

後ろに来て肩を叩いた相手は、真理子さんの驚きぶりに自分も驚き、しわがれた声で「ぶったまげたなあ」といった。

その人は真理子さんより小柄なおじさんで、太陽がしみこんだかと思うほどよく陽に灼けたしわだらけの顔で、まったく人が好さそうに笑っている。

「大島ちゃんに頼まれて迎えに来たぞ」

おじさんはそういうと、真理子さんが向かっていたのとは逆方向に歩き出した。そこから車道に出るまで五分もかからなかったから、唖然とする。路肩に白い軽トラックが停めてあった。狭い道なので他にクルマが来たら立ち往生しただろうが、交通量からみて余計な心配なのだろう。

「森の中に居たおばあさんは、大丈夫なんでしょうか……？」

おそるおそる訊くと、おじさんはもの問いたげな顔をする。一部始終を話すと、おじさんはニヤニヤした。

「そりゃ、あんた、狐に化かされたんだな」

「それって、昔話なんかで、狐が人を化かす感じですか？」

「いや、狐は今でも人間を化かすよ。そんなの、普通だろうが」

おじさんは常識のない者を諭《さと》すようにいうと、声を出して笑った。

*

真理子さんが連れて行かれたのは、依頼人の居る村長宅ではなく、鉋屋《かんな》という温泉旅館であった。玄関で待っていた大島ちゃんは、真理子さんから謎めいた巨大キャンディスティックを受け取ると、分別くさくうなずく。

「よしよし。これで完璧だぜ」

「大島さん、これって何なの……？　あたし、これと同じものを……」

「あー、後でな」

大島ちゃんは、耳のわきで蚊でも払うみたいに手を振った。

「大島さん……！」

あれこれあった苦労を訴えようとしたのに、大島ちゃんはまるで取り合ってくれない。相変わらずの場末のヤンキーみたいな風貌が、オフシーズンの鄙《ひな》びた旅館の風情いに馴染んでいる。帳場に居る若女将にいかにも気心が知れた様子で何やら耳打ちしてから、こちらを振り返った。

「大事な用があるから、ちょっと、待ってて」

そう言い残して消えてしまう。せめて、立て替えたお金を返して欲しいと思ったが、借金があるときの大島ちゃんはいっそう素早いのだ。声を掛ける前に後ろ姿は廊下の奥に消え、代わりに番頭がアイスティーを持って来てくれた。

「自家製のミントを浮かべてあります」

色白の若女将は、帳場から親しげにいった。

＊

いつまで経っても大島ちゃんが来ないので、しびれを切らした真理子さんは若女将に頼んで部屋に押し掛けることにした。

大島ちゃんが居たのは江戸城みたいにゴージャスな部屋で、そこには他に年配の人物が三人居た。大島ちゃんと四人で、麻雀をしている。

ひとを待たせておいて、麻雀なんて……と真理子さんはムッとしたのだけど、一同は勝負に熱中していてこちらに顔も向けない。

一人は鉋屋の主人。六十年配で、子どもみたいに落ち着きのない人だ。さっきの若女将の義父である。小豆《あずき》色の半纏《はんてん》を着て、うすくなった頭髪を短く刈り込み、ちょっと見たところ植木屋の親方みたいにも見えた。旅館のあるじだとわかったのは、仲間から「ご主人」だとか「鉋屋さん」などと呼ばれているからである。

鉋屋の主人を「鉋屋さん」と呼んでいたのは、同年輩の白髪の紳士。親切そうで誠実そうな上に、顔立ちも整っている。村のパンフレットに顔写真が載っているから、この人が村長だと一目でわかった。つまり、依頼人の義父である（こちらも、義父だ）。息子の件で探偵を頼んでいるときに、その探偵といっしょに麻雀なんかしているとは、どういうつもりだろうと真理子さんは首をかしげた。

もう一人は、年配の紳士たちより一回り以上も年嵩に見えるおばあさんだった。いや、あまりにも堂々としているので、おばあさんなんて呼んだら叱られそうだ。どちらかといえば「大奥さま」と呼ぶのがぴったりする。奇しくも、ほかの三人からも「大奥さま」と呼ばれていた。庇髪《ひさしがみ》でキングコブラ的な風合いの着物を着て、情け容赦ない感じのオーラを放っている。その大奥さまが、ようやく気付いたようにこちらを見た。

「あら、あなた、久しぶり」

知り合いとは気付かず、どんな知り合いなのか思い出せず、真理子さんはドキドキした。大奥さまの大いなる威厳は、語尾に「……」を付けてしまう真理子さんとはまことに対照的だ。でも大奥さまはそれっきり雀卓に目を戻してしまう。

「大島ちゃん、あなた探偵なら林檎泥棒も捕まえなさい」

「カンベンしてくださいよ。おれは忙しくて、忙しくて」

「忙しいって、おれらと麻雀してるだけだろうが」

「それが忙しいんスよ」

「しかし、林檎泥棒は何とかしないとな。収穫間際のところを持っていかれるんだから、はらわたが煮えくり返るぞ」

「捕まえて、はらわたを煮てやったらよろしい」

「大奥さま、それはいくら何でもこっちが捕まるぞ」

四人はせわしなく口と牌を動かしている。真理子さんの存在など、空気よりも薄いようだ。

(用事が済んだから、帰れってこと……？)

真理子さんは何だか腹が立ち、さっき迷ったばかりだというのにまた外に出た。

今度は注意して、少なくとも山道や獣道には入り込まないようにしようと考える。

林檎畑の上の空が高くて、和紙のように透ける雲が広がっていた。もう暑い季節ではないが、歩いているうちに喉がかわいた。よろず屋でも見つけて飲み物を買おうと思い、てくてく歩いた。

山の斜面の入口に、赤い鳥居が建っている。そこからしばらく行くと、住宅地に出た。各戸に家庭用の菜園や、生垣を巡らせた庭があって、ともかく一軒一軒の敷地が広い。片側が土手になっている道を歩き、三叉路の角によろず屋があった。外にアイスケースが置いてあり、飲み物の自販機と、ガチャガチャが三台並んでいた。

真理子さんはさっそくアイスケース目掛けて駆け寄ってから、そこから見える三叉路の左側の道に目をやる。

郵便局と、理髪店があった。

(あら……?)

その前で立ち話をしている二人に、真理子さんは思わず目を凝らす。理髪店の店主らしい白い上衣を着たおじさんと、散髪したばかりと思しき若い男が談笑していた。二人は親子ほども年が離れているように見えたが、互いに対等のように振る舞っているのは、若い方が客だから——というだけではなさそうだ。その若い男は、ずいぶんと品が良くて堂々としていた。そして、以前見たときよりも明るい。

そう。

真理子さんは、その男を知っている。海原川団地に泊まり込んだ最初の日、雨の中で恨めしそうに立っていた人物だ。そのあまりに暗い印象が頭にこびりついていたが、実は真理子さんが気付かないときも、彼が近くに居たことがある。やはり海原川団地の本庄さんと宮本さんが来たとき、この人物が通りの死角からたそがれ探偵社の方を、暗い執念をたたえて見上げていたのだ。

どうして、あの暗い人がここに居るのか？

しかも、今日はやけに明るくて好青年という感じではないか。

真理子さんの探偵魂が、しきりとアラートを鳴らしていた。アイツはヤバイ……。アイツが誰で、どうヤバイのか、それをわからないままに見過ごしたら、探偵の名が泣くと思った。

そんな理由から、問題の好青年が理髪店店主と別れて歩き出したとき、真理子さんはアイスクリームを買うのをやめて、尾行することにした。また妖怪の居るような山の中に入り込んだら……という心配が頭をよぎったが、それは杞憂《きゆう》であった。

田んぼを越えて、林檎畑を越えて、墓地を越えて、橋を越えてたどり着いたのは、辺りの景色にまったく似合わないスーパーモダンな大邸宅だった。ハリウッド映画の中で、大金持ちの悪人が庭でパーティを開いているような、新しいような懐かしいような、えらく開放的でアーティスティックなお屋敷である。

暗い彼（今は暗くない）はいかにも馴れた様子で、そこに入って行った。

芝生の庭では、若妻が洗濯物を干していた。真理子さんは、眉根を寄せて息を飲む。

その若妻こそが、探偵の依頼人だった。夫の浮気を疑ってたそがれ探偵社を訪ねて来たのが、今、白いシャツを干している女性だったのである。

彼と若妻は笑顔を交わし、何ごとか声を掛け合っている。まるで、洗剤のテレビコマーシャルのようなシーンだ。コマーシャルでは、それは若夫婦の爽やかな日常を表現しているものだが。目の前の二人もまた、いかにも仲の良い新婚夫婦のように見えた。

真理子さんは鋭く視線を巡らせて、門にかかげられた大理石の表札を見た。

南田《みなみだ》。

村長の苗字である。つまり、ここは村長宅なのか。南田家の嫁である依頼人に対して夫のように振る舞う暗い彼こそが、浮気を疑われている張本人ということになる。しかし、依頼人とその疑惑の夫は、いかにも仲が良さそうだった。どうして、疑惑の夫は竜宮市で幽霊並みに暗い行動をとっていたのか。

（わかんない……）

真理子さんは、喉が渇いていたことを思い出した。

10　狼藉者

鮑屋の江戸城みたいに豪華な部屋で、麻雀四人組と一緒に夕餉《ゆうげ》を囲んだ。螺鈿《らでん》細工がキラキラするテーブルに、海の幸、山の幸、和洋折衷、なぜか北アフリカのタジン料理と、まさに征夷《せいい》大将軍の晩御飯もかくやというご馳走が並び、鮑屋主人は得意顔である。

村長は泰然としているし、大奥さまは超然としているし、大島ちゃんは食べるのに忙しそうだったので、真理子さんだけが詳細な感想を求められた。律儀にも食レポみたいに褒め言葉を並べる。

「――しっかりしているのに、口に入れるとふわっととろけて、後から甘味がじんわりと広がってきます……」

などと懸命にしゃべっているうちに、山盛りの皿があっさりと空っぽになった。美味しかったというよりも、褒めて褒めて褒めちぎった自分の声だけが耳に残っている。

食べ終えると、大島ちゃんはあの巨大キャンディスティックを持って、どこかに行ってしまった。真理子さんは、三人の年配の人物とともに、江戸城みたいな部屋に取り残される。

「あなた、前より太ったんじゃないの？」

大奥さまが、真理子さんをじっと見据えてそういった。

「え……？　えーと……？」

「この大奥さまはね——」

二人の紳士は真理子さんの忘れん坊加減を見て取ったのだろう、この人は楠本《くすもと》観光グループの会長、楠本タマヱであると教えてくれた。大奥さまは、こちらの恥ずかしいことやみっともないことまで、いろいろ知っているような様子だった。でも、真理子さんは、ずっと恥ずかしかったりみっともなかったりする人生を歩んできたから、どのタイミングで会ったのかを知る手がかりにはなりそうもない。

大奥さまは、そんなことどうでもいいというように咳払いをした。

「それは、それとして——。オバケ専門のたそがれ探偵社ですが、このたびはわたしが無理をいって仕事を引き受けてもらいました」

大奥さまの隣で、村長が神妙な顔で「うん、うん」といっている。

「何を隠そう、依頼人はわたしの姪なのです」

「え……」

姪の悩み事をみかねて、大奥さまが裏で手を回した。簡単にいうと、札びらを切って、大島ちゃんに無理に仕事を押し付けたらしい。大奥さまは堂々と、そういった。

「しかし、だね」

と、続けるのは村長である。村長は、自分の息子が浮気をしたなどと信じていない。浮気と思しきことの原因が、超常現象だといい張った。

「でも、浮気と思しきことって……？」

「愚息、北斗《ほくと》めは、村長であるわたしの秘書をしておりますが——」

仕事とは関係なく、ふらりと家を空けることがある。若い妻は、その背後に女性の存在を嗅ぎつけた。夫がときおり——いや、しばしば心ここにあらずといった状態になるのもまた、疑念に拍車をかけた。

「それで、うちに……？」

実際、村長の息子——南田北斗が、竜宮市で胡乱《うろん》な行動を取っているのは、真理子さんも見て知っている。でもそれは隠したまま、真理子さんは村長にビールのお酌をした。売れっ子キャバ嬢として鳴らしたことがある真理子さんとしては、年配の三人に気に入られるのは難しくなかった。

カラオケが始まり、ダンスが始まり、江戸城みたいな部屋は大盛況の宴会場と化した。しきりとチークダンスをしたがる村長に「あらあら、村長さんったら……」などといいながら、こんなヒヒ爺さんの息子なら、浮気とかしちゃうかも……と思った。

＊

三人は真理子さんにちやほやされて大いに楽しんだものの、高齢ゆえほどなく眠気に襲われて宴会はお開きになった。

大島ちゃんの部屋に行くと、『鉄道唱歌』を鼻歌で歌いながら、漫画本を読んでいた。

「大島さんは、不良っぽい歌が好きなんだと思ってたわ……」

「あの三人と一緒に居たから、おれまでジイサンみたいになっちまった」

大島ちゃんは漫画本に、栞代《しおり》わりのスルメの足を挟む。

「じゃ、行くぞ」

「え？　どこへ……？」

大島ちゃんは答えることなく、部屋を出た。真理子さんは慌てて追いかける。

帳場では若女将がタブレットで韓流ドラマを観ていたが、大島ちゃんを見ると「クルマなら、そこに」と小さな声でいった。

そのクルマというのが、真理子さんがここに来るときに乗せてもらった軽トラックだった。大島ちゃんは、ポルシェに乗りたいとか、バイクの方がいいとか、見栄なのか愚痴なのかわからないことをぶつぶついいながら、乗り込んだ。真理子さんとしては、軽トラックのシンプルなシートがかなり気に入っている。

夜道をとことこ走って辿り着いたのが、山の斜面に参道をうがった神社である。真理子さんが村をうろついていたときに見つけた、あの赤い鳥居のある場所だ。

少し離れた場所に軽トラックを停めた。

「怖えーなー。真理子、先に行って」

鳥居の奥には、案外と新しい石段があった。

「ここを、登るの……？」

「いやだけど、登らなくっちゃーなー」

上で待ち伏せする、という。何を待ち伏せするのかと訊いても、大島ちゃんは顔を引きつらせるばかりで答えない。なるほど……と真理子さんは思った。

大島ちゃんは、不良やツッパリやヤンキーらしく振る舞っているが、実は大変な怖がりなのである。真理子さんを蓼食村に呼んだのは、きっと一人でここに来たくなかったからだ。実際、人けのない山の上にある神社に、夜を選んで訪れるというのは、なかなか度胸の要ることだった。闇は町場の百倍も濃いし、神域特有の緊張感に支配されている。鳴く虫も獣の気配もいたく神聖な感じがして、その中に単身踏み込んでゆくなんて怖がりにとってはハードルが高過ぎる。

宵宮には石段の両側に出店が出て、とても陽気に賑わうのだと、大島ちゃんは小声でいった。真理子さんは夜店の店先に並ぶ線香花火や射的の景品など、安っぽくも愛おしい商品を思い浮かべて、しばし和む。だけど今は自分の影さえ見えないほどに真っ暗闇で、石段の上から怖い神さまがこちらを睨みつけているような気がした。

石段を登りきると、ちょっとした広場になっていて、星明りが届くためか視界が明瞭になった。中央に社があり、かたわらに蔵のような建物があった。いずれも、南京錠がかかっている。いや、たとえ施錠されていなかったとしても、あまりに森閑《しんかん》として近付き難い――というか近付きたくない。

大島ちゃんも同様に思ったのだろう。石段を登り切ってすぐ、境内全体が見渡せる場所に、うずくまるようにして隠れた。

「待つんだ」

それから小一時間も待ったと思う。時間の経過はやけに緩慢で、ことの次第を問おうとするたびに、「シッ」といって叱られた。小さな物音にいちいちビクつきながら、何を待っているにしても、これ以上怖いものはゴメンだと思った。真理子さんに輪をかけて怖がりな大島ちゃんなんか、とっくに怖さの限界を超えているはずである。

これ以上の怖さは、精神的物理的生物学的に無理。

そう思ったとき、そいつはやって来た。浮気亭主の南田北斗である。

浮気者が真夜中の神社に何の用事があるのか。頭から「?」マークをいくつも生やして、真理子さんは目をぱちくりさせる。

「大島さん、あれは……?」

尋ねたが、大島ちゃんはやっぱり「シッ」といっただけで何も教えてくれない。仕方ないので、更にじりじりと待った。浮気男が夜の外出ときたら、単純計算だと答えは「あいびき」と決まっている。相手はどんな人だろうと思った。それにしても、昼間に見た感じの良さは、やはり猫を被っていただけというわけか。暗がり越しに見た北斗は、海原川団地の外で雨に打たれていたときのように、どんよりと陰鬱な様子だった。

（浮気……陰気……）

真理子さんは、その二つに矛盾を感じた。掟破りの恋愛の達人としては、浮気なんてお手の物だ。そんな真理子さんの経験上、浮気はちゃらちゃらしたものだと心得ている。真剣な愛でも、深刻な恋でも、浮気に臨んで陰気になるなんて珍しい。いや、浮気だろうが本気だろうが、恋愛とは陽性なものだ。陰気なら、そもそも恋などしてられない。

などと考えていると、蔵の戸が開いた。

もこり……と、そいつは現れた。

頭でっかちで、もこもこして丸くて、短足。フーゴくんの着ぐるみだ。

「あれは、ひょっとして北斗さんなの……？」

「ああ」

海原川団地で折れたはずの巨大キャンディスティックも、しっかり持っている。あれはタラチネ製作所で真理子さんが代金を立て替えた、七一、五〇〇円の新しい方なのか。

「あれがないと、完璧に変身できねーから」

鉋屋の若女将に頼んで、前もって蔵に入れておいたとのこと。

「やっぱり、怖いからって人頼みなのね……」

「ああ？　文句あっか？」

大島ちゃんは、小声ですごんだ。

「キャンディスティックをわざと作り直して、北斗さんをあんな風にさせたの……？」

あんな風＝変身。忘我の狐憑き状態。

「それって、ちょっとひどくない……？」

「一定のプロセスを踏まないと、ものごとは解決しねーんだよ。風邪は熱が出ねーと治らない、みたいな」

隠れている二人の目の前を、フーゴくんは可愛らしくも不気味な所作で通り過ぎる。大きな足では危なっかしいだろうに、苦もない様子で石段を下りて行くのである。

「よっしゃ、現行犯逮捕だ。行け、真理子！」

当然のように背中を押された。

（もう、なんであたしが……）

真理子さんは不満を押し殺して、フーゴくんを追いかけた。フーゴくんを真理子さんが追いかけ、その後ろから大島ちゃんが付いて来る。フーゴくんの高い身体能力については海原川団地で見て知っていたはずなのだが、しかし自分が真っ先に追いかけてみると、それはいよいよ常軌を逸していると実感した。石段を下りてからは大島ちゃんが運転する軽トラックで追跡したのだが、フーゴくんの足はそれより速かった。まるで口裂け女の伝説みたいだと真理子さんは思う。思ううちにも、相手は林檎畑の中に姿を消してしまった。

「ちっきしょー」

大島ちゃんが悔しがってハンドルを叩いたため、クラクションが「ぶひっ」と鳴った。

しかし、その一瞬後に辺りに甲高い金属音が響いた。

大島ちゃんは「よし」とか「ばーかめ」なんていいながら、またクルマを出す。真理子さんは最初、何が「よし」で「ばーかめ」なのかわからなかったが、大島ちゃんに説明させる必要はなかった。

田んぼと公民館の間に建っている火の見やぐらの上に、フーゴくんは居た。どうしてなのかはわからないが、やぐらの上で半鐘を鳴らしている。それを聞いて大島ちゃんは「わかりやすいヤツ」と思ったようだが、真理子さんとしてはフーゴくんが半鐘をならす理由が少しもわからない。三百六十度を見渡しても、どこからも炎も煙も出ていないのだ。

「行け、真理子！」

大島ちゃんは、またそういって真理子さんを軽トラックから追い出した。

「行けって……？」

意味はわかっていたが、非難と抵抗の意味で訊いてみた。大島ちゃんは、力強くうなずくばかり。その間にも、頭上では耳障りな半鐘がカンカン鳴っている。

「まったく……」

真理子さんは鉄骨のやぐらの、ペンキが剝がれかけたはしごに足をかけた。フーゴくんの居るてっぺんは、電柱の先よりももっと高い。真理子さんは悲しそうにため息をついてから、のぼりはじめた。華奢なはしごと華奢なサンダルの底は相性が悪いし、手すりはサビが浮いてザラザラしているし。

いやになる、もう……。

不平不満を心中に並べながら、しかし登り切った後でどうすればいいのかという疑問に駆られたのは、頂上も間近なところまで来たときだったというのは、いかにも吞気である。

足元まで迫る追っ手に気付いたフーゴくんは、半鐘を打つ手をとめないままに、大きな頭をゆっくりと動かしてこちらを見た。表皮であるフラシ天にシワがより、まるで顔をしかめたように見えた。元が愛くるしい造作だけに、変に邪悪な感じである。そして、半鐘を打つ手をとめる。ゆらり、とした動作でこちらに向き直った。

「ヤバイかも……」

海原川団地のパトロールのおじさんたちが全員で取り囲んでようやく勝てた相手に、一人で立ち向かうなんて無謀過ぎる。どうして今まで気付かなかったのか、真理子さんはおのれの迂闊さを呪った。

フーゴくんは、不気味な動作で真理子さんの方にかがみ込み、白くてぷっくりした両手をこちらに伸ばした。突き落とされる、首をしめられる、八つ裂きにされる……。真理子さんの脳裡に、いやな空想がさまざまに廻った。

それで思わず目を閉じてしまったのだが、いくら待っても恐ろしい運命は襲ってこなかった。その代わり、ぶわりという風圧を感じ、ずっと下から大島ちゃんの声が聞こえた。

「真理子、何やってんだ。降りて来い！」

まさに今、凶悪な怪人と対峙《たいじ》しているのに、何といういぐさ……と憤慨して目を開けたのだが、やぐらにフーゴくんは居ない。下の方がやけにざわついていた。見下ろすと消防団の制服を着た人たちが、集まっている。

(飛んだ……?)

大島ちゃんが、早く降りろと短気な感じのゼスチャーを送ってくる。視線を遠くに投げたら、フーゴくんが田んぼのあぜ道をとことこ駆けていた。

*

火の見やぐらから降りた真理子さんは、大島ちゃんの駆る軽トラックで追跡を再開した。半鐘の音でたたき起こされた消防団の人たちと、交番の警察官二人が追っ手に加わった。クルマとか自転車とか、サイレンとか掛け声とか怒号とか、村の静かな夜は大間違いの秋祭りみたいな騒音に満たされてゆく。

いや、騒音は追う側よりも、フーゴくんによって村中に鳴り渡った。

村中を疾駆するフーゴくんは、どうやら騒音を立てるために走り回っているらしい。だから、大島ちゃんは、あちこちで発生する喧しい音を追っているのだ。

「でも、なぜ……?」

「理由はねーよ。狐憑きがヘンテコな真似するのに、理由がないのとおんなじだ」

「狐が憑いてるの……？」

だとしたら、あの奇行も納得できる。いや、出来ないが。

「ばーか。憑いてるのは着ぐるみじゃねーか。つーか、怨念だよ」

「怨念……？」

大島ちゃんが答えなかったのは、フーゴくんに追いつきそうな距離まで迫ったからだ。

さっきから聞こえているのは、蓼食村アップル音頭という民謡とレゲエを混ぜたような歌だった。発生源は村の産直センターで、今日は村の女性部の懇親会が行われていた。フーゴくんは宴たけなわに飛び込んで、カラオケのマイクを奪いとると、大音量で蓼食村アップル音頭を歌い出したのである。

真理子さんがクルマを降りたとき、消防団や警察官も追いついていた。

一同は産直センターの奥にある集会スペースへとなだれ込む。

中では女性部の人たちが、フーゴくんに手を焼いて怒ったり笑ったりしていた。そこに追っ手がなだれ込み、真理子さんは一週間前に海原川団地で起きたのとごく似た騒動を目撃することとなる。

フーゴくんはいかつい男たちを相手に孤軍奮闘したが、最終的に降参した。ぺたりと畳の上に尻もちをついたフーゴくんから、着ぐるみの頭がはずされる。ずんぐりむっくりでぷっくぷくの肩から、南田北斗の顔がぴょこんと生えているみたいに見えた。北斗は、驚いたような表情をしている。騒動の主役である南田北斗が、ひとごとみたいにびっくりしていることに、一同は少なからず腹を立てた。

「あなた？」

北斗より驚いていたのは、女性部員の一人として懇親会に参加していた南田家の若妻だった。

＊

鉋屋の江戸城みたいに豪華な部屋で、大奥さまが待っていた。寝床から出てきたばかりのくせに、大奥さまは一糸乱れぬ庇髪を結ってキングコブラみたいな風合いの着物を着ていた。そのかたわらで、鉋屋の主人が皆の分のお茶を淹れていた。仲良しである村長の方に、同情したようなまなざしを向ける。

村中を騒音の渦に陥れた息子の横で、村長はすっかりしょぼくれていた。若奥さんの方はもっと複雑で、怒ったり驚いたり赤面したり謝ったりですっかり疲れてしまい、眉毛ごとまなじりが垂れている。伯母だという大奥さまを見て、口角まで下がって泣きそうな顔になった。

「で、どうなりました？」

大奥さまが、きびきびした声で訊いた。

「ついでに、林檎泥棒を捕まえたらしいのです……」

フーゴくんとなった南田北斗は、皆から逃げる（当人は逃げているつもりはなかったようだが）途中で、村外から侵入して来た林檎泥棒を捕まえてこらしめていた。折からの泥棒被害のために見廻っていた人が、低く仕立てた林檎の幹に逆さハリツケにされている泥棒二人組を発見した。頭に血が下りて半死半生になっていた犯人たちは、自らの罪を競うようにして白状し、怪物に襲われたと証言した。

「シルクハットをかぶった怪物に襲われたんだそうです……」

フーゴくんは、泥棒のクルマのラジオを点け、深夜放送をボリューム最大で鳴らして、楽しそうに駆け去ったとのことである。畑の持ち主は、この音のおかげで異変に早く気付いた。

「そんなお手柄もあったので、村の人たちも今日の騒ぎは大目に見るということで、それぞれおうちにお帰りになりました……」

人騒がせのフーゴくんは、警官に怒られた後で解放された。

「まことに面目ない」

村長は、まるで小さい子どもにするように、息子の頭を摑んでお辞儀をさせた。そのとなりで、若奥さんが「でも、なんで……！」と怖い顔で夫を睨む。浮気疑惑に次いでこの騒ぎ、さすがに腹に据えかねている様子だ。

「あんたのせいじゃんか」

大島ちゃんが、さらりといった。

「え？」

奥さんは細い眉をひそめた。残る一同も、問うように大島ちゃんと北斗当人を見る。

「村長の家が新しくなったのは、去年の秋だって話だよな」

「そう、だが？」

村長が、おそるおそる頷いた。短時間で集中して謝り過ぎたがゆえに、恐縮するのが癖になっている。

「村長の前の家は立派だったねえ。今も立派だが、なんだかハリウッド映画の悪役の家みたいになっちゃったよねえ」

鮑屋の主人は、遠慮のないことをいった。

かつては庄屋の家柄だったという南田家、元は堂々とした日本家屋だったが、かねてから『マイアミ・バイス』に憧れていた村長南田氏は、思い切ってハイカラな家に建て替えた。それ自体は別に問題ではなかったのだが、家財道具を新築の家に運び込む際に、悪気もなく廃棄されてしまったものがある。それが、この騒ぎの発端となった。

「それは、何ですか……?」

真理子さんはドキドキしながら聞いていたのだが、大島ちゃんは「後でいう」とはぐらかした。そして、北斗に向き直る。

「おう、若旦那」

と、呼びかけた。

「去年の年末、竜宮市で小学校のクラス会があったんだよな」

「はい――」

北斗は、父親と同じようにびくびくとうなずいた。

「蓼食村小学校のクラス会なのに、なんで竜宮市でやるのかな?」

「村を出てる人の方が多いんです」

「わかるわ、わたしの元カレも……」

といいかけて、大島ちゃんに「おめえの元カレの話はいいから」と冷たくいわれた。怒ってみせるものの、自分でもどの彼氏のことだか思い出せなくなっている。

「若旦那はクラス会に行って、ある同級生の消息を聞いた」

若奥さんが何かを予感したように、さっと顔付きを険しくした。

「それは、誰なの？」

「エリカって女の子。同い年だから、今は女の子じゃなくて大人だけど」

話はこうして浮気の方向に行くのだろうかと真理子さんは思った。

「その後になるけど、竜宮市で仕事の会議があったんだ。終わってから、幹事から聞いていた彼女の住まいを訪ねてみたんだよな？」

「まあ」

そのエリカこそが浮気相手と察した奥さんは、いよいよ怖い顔になる。クラス会に来なかったからという理由だけで自宅まで訪ねて行くのだから、やはりただの同級生ではないのだろう。真理子さんは「この色男さん……」といいたくなるのを我慢した。

でも、北斗はそのときにエリカと会ったわけではなかった。彼女は留守だったのである。

「代わりに、これを見つけたんだ」

北斗はそういって、自分の胸元を視線で示した。彼はいまだ頭のほかはフーゴくんの着ぐるみを着けていた。

「フーゴくんの着ぐるみを見つけたということですか……？」

「そう」

「どこで、見つけたんですか……？」

「竜宮ルナパークの跡地。海原川団地の隅っこの、物置小屋だ」

「なんと……」

真理子さんは、お淑《しと》やかな仕草で小さく開いた口を押える。北斗は、叱責されたかのように、上目遣いになった。

「そして、着てみたんです」

「なんと……」

常識的に考えれば、奇妙なことである。大島ちゃんは、北斗が着ぐるみに取り憑かれているといわなかったか？

非常識にも着ぐるみを身に付けた北斗だが、着るまえと脱いだときのことは覚えている。しかし、その間のことは記憶が完全に飛んでいた。酔いつぶれたときのように、まるで何も覚えていない（もちろん、酒は飲んでいなかった）。

時計を見ると何時間も経過しているので、着脱の間に長い時間があったことは認めざるを得なかった。加えて、何やらむしょうに楽しくて充実感があるのだ。病みつきになった。

「着ぐるみに、魅入られてたんだ」

と、大島ちゃんがいった。

「着ぐるみに取り憑かれていたんだよ。若旦那はそれを着て、海原川団地の連中を脅かしてたわけだ」

「浮気じゃなかったの？」

若奥さんが、怪訝そうな表情でつぶやいた。

「そ。浮気じゃーねーの」

南田北斗は浮気をしていたのではなく、せっせと竜宮市に通い、フーゴくんに変身して怪物を演じていた。海原川団地に住んでいるらしいエリカさんという人を探すことすら失念して。フーゴくんに変身するのは、それくらい胸躍ることだった。

「若旦那の浮気疑惑の外出と、海原川団地の怪奇現象があった日を調べたら、ぴったり重なってた。それだけじゃない、若旦那は真理子の周辺にも出没していたんだよな」

「え……？　気付かなかったわ……」

確かに、海原川団地の外に居る北斗を見たことはある。実際には、たそがれ探偵社の周辺にも出没していたのだが、真理子さんは気付いていなかった。知らぬが仏。わかっていたら、もっと怖い思いをしただろう。

「でも、どうしてうちにまで……？」

「そりゃ、団地の本庄サンとか宮本サンとかが真理子に接触したから、おまえも敵に認定されたわけだよ。だって、団地は遊園地の跡地に建ってるわけだから、あの怪物にとっては自分の居場所を乗っ取った敵つーことになるだろ」

「そんな無茶な理屈……」

北斗は、エリカという同級生に会いに行っただけである。

しかし、フーゴくんの着ぐるみを着たとたんに、エリカのことなど忘れてしまい、団地への嫌がらせに専念した。その間、北斗はまるで繭《まゆ》の中の幼虫のように全てを忘れて、何だか良い気持ちになっていた。

「やっぱり、取り憑かれていたわけね……」

呟いてから、真理子さんはハッとした。

「フーゴくんの着ぐるみを着ていないとき、団地の外で雨に打たれているときの北斗さんは、すごーく暗い雰囲気でした……」

「ふむ」

ここで初めて、大奥さまの声が耳に入る。南田家の三人に比べて、大奥さまはイキイキしていた。

「それって、北斗さん本人のキャラクターも変わっていたということですよね……」

キャラクターが変わったといえば、そもそも真理子さんを探偵と見込んだ最初のお客、田辺少年の依頼である。同級生のホシナさんという女の子が、真面目になってしまって心配。それが、田辺くんを探偵のもとに向かわせた理由だ。しかも、真理子さんは変わってしまった女の子の影法師が、フーゴくんそっくりになったのを目撃している。

「たたりですよ。これは、もっと大変なことになります」

大奥さまは、言葉とは裏腹にニタニタしている。一同は「たたり」などと穏やかでないことをいわれて、怖そうな、あるいは不審そうな顔をした。

「どうして、たたられるんです？」

強気に訊き返したのは、南田家の若妻だ。大奥さまは、姪を見て片方の眉毛を上げた。

「粗忽者が粗相をしなきゃ、たたりなんてありゃしません」

「心当たりは？」

大島ちゃんは、思惑の読み取れない顔付きで彼女を見た。その視線に気付いて文句をいいかけた若妻は、「あら」といって口をおさえた。

「わたし、これとそっくりのぬいぐるみを見かけたことがあるわ」

夫が着ている着ぐるみを、指さす。

「フーゴくんのぬいぐるみを……？」と、真理子さん。

「フーゴくん人形っていうんだ」と、大島ちゃん。

「え――」

南田北斗は悲劇的に絶句する。

「家を新築して荷物を運んでいたときに見たんです。ボロくて汚かったから、捨てちゃいましたけど。だって、ほら、家を建て替えるときに、断捨離しましょうって家族で決めましたから」

弁解がましい調子になったのは、夫の顔色に気付いたからだ。

北斗は、人形が捨てられたという事実にショックを受けていた。というのは、それを長い間、探していたらしい。

「子どものころに大切にしていた玩具って、気が付くと消えてるのよね……」

「親が片付けて、それっきり。何かの機会に捨てられちゃうんだな」

「な、なによ――。だって、あんなに汚れて、みすぼらしいもの、普通はゴミだって思うでしょ。断捨離の専門家だって、一年使ってないものは捨てるべきだっていってたわよ、テレビで――」

「思い出の品なんてのは、そんな頻繁に使うものじゃないでしょうに」

大奥さまがいうと、若妻は言葉に詰まった。

「エリカちゃんは、街の学校から転校してきたんだ」

北斗は唐突に話題を転じてしまう。一同がその違和感に、ちょっと戸惑った。

「今になって思えば、家庭の事情ってものだったんだろう。またすぐに、竜宮市にもどってしまった。だから、蓼小には、ほんの短い間しか居なかったんだ」

「北斗さんの初恋なんですね……」

「あの子、また転校して行くとき、ぼくに竜宮ルナパークのキャラクター人形をくれたんです。エリカちゃん、何だか笑っちゃうくらい竜宮ルナパークのファンで、それでフーゴくん人形が宝物だったんです。実は、エリカちゃんの両親は離婚していて、あの人形は父親と最後に行った竜宮ルナパークで買ってもらったとか——いってました。彼女の竜宮ルナパークびいきは、そんな理由からなのかな。それを、ぼくは粗末にして、結局はゴミ同然にしていた」

「あんなに汚くなかったら、わたしだって捨てることはしないわよ」

「でも、断捨離ってのは、使えるものでも捨てちゃうんでしょ……？」

真理子さんはつい口をはさみ、若妻に睨まれた。大奥さまは、分別顔で頷いている。

「それが、一連の騒ぎのきっかけですね」

「でも、ゴミを捨てたくらいでたたるかよ？」

無神経ないい方をする大島ちゃんに、大奥さまが冷淡にいい放つ。

「それを調べるのが、あなたの仕事。まだ事件は終わっていませんよ」

11　メタモルフォーゼ

探偵たちは荷物をまとめて、蓼食村を後にした。

荷物といっても、北斗からあずかった着ぐるみだけである。クリーニング店のロゴが入った不織布製の大きな大きなエコバッグに入れて、真理子さんがもっている。宿代も列車の切符も、真理子さんが立て替えた。タラチネ製作所での支払いも精算してもらっていないので文句をいったが、無視された。

「あの楠本タマヱっておばあさんは、だれなの……？」

「うちの、株主」

「株式会社じゃないでしょ……？」

「役員だったかな？　いや、相談役？」

大島ちゃんが煙草をくわえたので、真理子さんはそれをひったくった。くちびるの皮がむけたといって、大島ちゃんは大袈裟に騒ぐ。

「どこかの郵便局の常連で、すげー金持ちなんだ」

ぶ厚い祝儀袋を見せびらかしてから、ジャケットの胸ポケットにもどした。札束らしい。束になるほどの札があるのに、どうして自分が逗留した宿代や列車の切符を払わないのか。そう詰《なじ》ったが、また話をはぐらかされた。

「ああいう金持ちには、逆らえねーよな」

大島ちゃんは悪びれずに、大金を収めたポケットの辺りをポンポンと叩いている。浮気調査というたそがれ探偵社らしくない案件を引き受けたのは、大奥さまの肝入りだったからだが、結局は探偵社の方針から外れることなく超常事件だと判明した。

「でも、フーゴくんの着ぐるみが、どうして蓼食村にあったの……？」

「若旦那が持って来たんだろう？　あいつには、どうしてもまかれるんだ。おまえが来てくれて、助かったわ」

珍しくお追従のようなことをいわれて、お人好しの真理子さんはすぐに気分をよくする。

「おれが蓼食村にいって、温泉と麻雀三昧だったなんて思うなよ」

大島ちゃんは、確かに今回の出張の肝入り三人組との麻雀に多くの時間を費やしていたが、まったく仕事をしていなかったわけではない。浮気調査の対象である南田北斗を尾行した。竜宮市にも来たし、東京にも大阪にも札幌にも行った。あの軽トラックで。しかし、その尾行は百発百外だった。必ず失敗したのである。

「未熟者だから……？」

「うっせーよ」

しかし、一度だけ成功している。それは、海原川団地でフーゴくんが住人たちにボコボコにされた日だった。

「ということは、大島さんはあれを見ていたの……？　あたしとインテリさんが絶体絶命だったときも、助けに来ないでただ見ていただけなの……？」

真理子さんは憤慨したけど、大島ちゃんは「そんなことしたら、尾行になんねーじゃん」といって、鼻をほじくっている。

あの騒ぎの後、劣勢となり逃げだしたフーゴくん＝北斗は、着ぐるみをいつもの場所に隠すことができなかった。いつもの場所とは、海原川団地の敷地内にあるブロックの物置小屋だ。なにしろ、団地の人たちも小屋の存在に気付いてしまい、収納されていた捕り物道具を持ち出していたくらいだから。

そんなわけで、北斗はフーゴくんの着ぐるみを蓼食村まで持って来て隠した。

「コインロッカーなんかは、期限がくると開けられちゃうからな」

さりとて、村は村でプライバシーよりコミュニケーションが重んじられるから、隠し場所は慎重に選ばないといけない。そんな蓼食村の禁足地といったら、ヒダル八幡《はちまん》の境内だった。別に参詣を禁止されているわけではないが、暗くて怖いのでお祭りでもなければ好んで近付く者はない。

「そういうことだったの……」

しかし、肝心なことがわからない。どうして、着ぐるみを着た北斗は忘我の暴れん坊になってしまったのか。取り憑かれたってことで、片付く話か？　そもそも、フーゴくんはなぜ取り憑くのか？

「竜宮ルナパークは、実は取り壊されていないんだよ。しかし、同じ土地に海原川団地も存在している。人間でいうと、二重人格っつーの？　それとよく似たことが、あの土地でも起こっているのな」

「よくわからないわ……」

「楠本のばあさんがいうには、郵便局と神社の関係みたいなものなんだとか」

狗山神社と登天《とうてん》郵便局。そういわれて、真理子さんは少し納得できた気がした。

「北斗がフーゴくんに化けるみたいに、海原川団地は竜宮ルナパークに化ける」

「竜宮ルナパークになっちゃったとき、団地の人たちはどこに居るの……？」

「そんなの、知んねーよ。団地で普段どおりにしてるんじゃねーの？　外から入れないだけで」

　ともかく、と大島ちゃんは話をもどす。

　着ぐるみを蓼食村に持ち帰った北斗だが、杖——あの特大キャンディスティックを失くしたせいでパワーダウンしていた。化けてもフーゴくんになり切れてない様子。そもそも、フーゴ化したいという欲求も減退している。

「そのまま放っておいたら、かみさんが怪しんでる雲隠れもなくなり、ヤツが海原川団地で騒ぎを起こすこともなくなったかもしれねーな。しかし、とことんお祭り騒ぎをして、行くところまで行くべきだとおれは思った」

「なんだか、ひどいわ……」

「だってさ、おまえのところにも小学生の客が来てんだろ？　遊園地絡みなんだろ？」

「でも、でも……」

　真理子さんは、頭をしぼる。考えをまとめるのに骨が折れた。

「北斗さんが変身して海原川団地の人たちを脅かしていたのは、奥さんがフーゴくんの古いぬいぐるみを捨ててしまったせいなのよね……？　大島さんもいってたけど、普通は人形を捨てたくらいで、あんな風にはならないわ……？」

　真理子さんも、少女時代に大切にしていたバービー人形がいつの間にか消えていた。母親が捨てたのだろうが、当然ながらたたりなんて起きていない。どこの家庭でも似たことはあるはずだが、捨てられた玩具がたたったなんて話は聞いたことがない。

「多分、もっと根が深いんだよ」

なんとなくだけど、と大島ちゃんは付け足した。そして、ぶつぶつと唱える。遊園地に行ってみねーとわかんねー。めんどくせーけど。

「なんか、嫌な予感するんだよな」

＊

大島ちゃんの予感は、正確に当たった。

　列車を降りたとたん、異変はすぐにわかった。ホームを行きかう人の多くが、なぜか動作がカクカクしていたのだ。利用客も駅員も、売店の店員も列車の清掃係も、まるで玩具の兵隊みたいに、規則正しく歩き、方向転換するときは直角に曲がる。背筋はあくまで真っすぐで、足の上げ方、歩の運び方が、あまりにも一定している。笑う人も居ない、怒る人も居ない、泣く子どもも居ない。皆がまるでプログラミングされたみたいに、お行儀が良いのである。

真理子さんはすぐに、品行方正過ぎるホシナさんのことを思い出したが、目の前の人たちはそのアップグレードを百回も重ねたくらいの折り目正しさだった。面食らって見つめるうち、真理子さんはカクカクした人とホシナさんとの共通点を見つけてしまった。カクカク人たちの影が、全てシルクハットをかぶった太っちょ——フーゴくんなのである。ホシナさんの影に異変が生じたときは、次に見ると元にもどっていた。でも、この人たちの影は揺るぎなくフーゴくんのままだ。

全ての人がカクカクしていたならばまだ納得できた（できないけど）のだが、半分くらいの人たちは普通だった。彼らは、この変てこな事態と異様な人たちを不気味そうに盗み見ては、目を合わせないようにしている。

「なんだ、こりゃ」

大島ちゃんは、無礼にもカクカクな人たちを指さして遠慮のない声を出した。何かのパフォーマンスだと思ったようだ。でも、そんな簡単なことじゃない。エスカレーターに乗って、通路を歩いて、駅前ロータリーに出ても、半分くらいの人はカクカクしている。

バス乗り場の列で、カクカク人が短気そうなおじさんに怒鳴られていた。カクカク人は若い女性で、おじさんは「カクカクしやがって、おれを馬鹿にしてんのか」などと、ひどいことをいっている。しかし、カクカクお嬢さんは礼儀正しいので、おじさんが一方的に頭に血をのぼらせているだけで、うるさいけれど喧嘩にならない。駅前交番から若い警察官が駆け付けたのだけど、この人もカクカクしているのでおじさんは短気に拍車がかかって、わけがわからなくなっている。

「若旦那の呪縛が解けたから、ボスキャラが怒ってんのかな」

大島ちゃんが火の点いていない煙草をモグモグさせながらいった。

「ボスキャラが、居るの……？」

真理子さんの視線を受けて、大島ちゃんは「おれ、逃げてーわ」といって煙草に火をつける。カクカクした動作の紳士が近づいて来て、大島ちゃんの口から煙草をひったくると、地面に投げ捨てて踏みにじった。駅周辺は歩き煙草禁止なのだ。

「真理子、おれ怖えー」

大島ちゃんは本当に逃げたがったが、真理子さんにおだてられたり励まされたりして、どうにかたそがれ探偵社まで辿り着いた。

事務所のドアの破れたガラスは、段ボールとガムテープで応急処置がされてあった。ビルの管理人かオーナーがしてくれたらしく、修繕の見積書がやはりテープで貼り付けてある。大島ちゃんはそれを剝ぎ取ると、斜め読みした後で丸めて廃棄した。

鍵を開けようとしたら、ハナから施錠されていなかった。管理人かオーナーが窓に段ボールを貼った後で、鍵を閉め忘れたのだろう。

「不用心だぜ」

文句をいいながらドアを開けると、中に人が居た。つばの広い帽子をかぶり、大きなマスクに大きなサングラスという、不審者っぽいいでたちの女の人だった。首から上は怪しい人物か有閑マダムといった様相なのだが、着ているものはファストファッションのトレーナーに、中高生の学校のジャージのズボンみたいなものを穿き、靴は古ぼけたピンク色の健康サンダルで、「西側1Fトイレ」という文字が読み取れた。

こちらの気配を察して、その人は客用の長椅子から立ち上がり、人相を隠している帽子やマスクなどを外した。やつれた感じの中年女性の顔があらわになった。

「本庄郁子《いくこ》と申します。鍵は管理人さんに頼んで開けてもらいました」

名乗られても大島ちゃんは難しい顔をしたままだったが、真理子さんの方は「あぁ」と小さく両手を打った。

「本庄さんの奥さまですね？」

「はい――はい」

本庄夫人は、真理子さんにすがるような視線を向ける。

「夫に、もしものときは、ここを頼るようにいわれてまして。わたし、どうしても帰れないんです」

海原川団地と月華天地の会の関係はせっせとメールで報告していたので、大島ちゃんにも事情がわかったようだ。目の前の女性は、海原川団地の住人である本庄さんの奥さんである。本庄夫人は月華天地の会にすっかりはまっていたが、どうやら心変わりしたらしい。着の身着のまま、顔だけはしっかり隠して、月華天地の会から逃げて来たのだ。

「頼れって勝手にいわれてもさ」

大島ちゃんが文句をいいかけたので、真理子さんは慌てて遮った。

「お任せください……！　すぐに、調べて来ます……！」

大島ちゃんの腕をつかむと、意外な怪力で事務所の外に引っ張り出す。いつもの癖で、エレベーターではなく階段を、大変な勢いで駆け下った。

「でかした、真理子！」

大島ちゃんがそういって褒めたのは、真理子さんが「調べる」などといったのは逃げる口実だと思ったからだ。

「じゃなくて……。ちゃんと調べるんです……！」

その勢いで、海原川団地まで引っ張って行った。実際には、真理子さんのママチャリに二人乗りして、後ろで真理子さんが「急げ、急げ」と急かしたのだ。途中、大島ちゃんのポケットからラジオ体操の歌が聞こえ、それはメールの着信音だった。

――逃げたら、承知しませんよ。逃げたら、クビ、資金凍結です。もちろん、蓼食村での麻雀の借金についても――。

楠本の大奥さまからである。ポケットに手を突っ込んで勝手に読んだ真理子さんは、改めて全文を声に出して朗読した。

「オニババめ」

大島ちゃんの毒づく声を乗せて、ママチャリは海原川団地に通じる曲がりくねった道に入る。

本庄夫人が海原川団地に帰れないといったのは、夫や友人の反対を押し切って月華天地の会に入れ込んだから、きまりが悪くて皆の前に顔を出せないのだろうとばかり思っていた真理子さんだったが――。

でも、それは違った。

郵便局の通り、バーバー馬場のすぐ向こうには、見慣れた風景がなかった。

「うわ」

七色にペイントした塀の中、観覧車やジェットコースターが見える。飛行塔のてっぺんに放射状に連なるプロペラ機の形をしたゴンドラが、遠心力のせいで浮き上がりつつ回っている。メリーゴーランドに合わせたワルツが聞こえる。

「なんだこれ」

遊園地だった。しかし、それは二人が知るどんな遊園地よりも、ボロくて、さびれていて、いっそおどろおどろしかった。

大島ちゃんは茫然と自転車を止め、真理子さんはこぼれ落ちるように荷台から降りた。

尻ごみする大島ちゃんのジャケットの裾を捕まえて、無理にも足を踏み出す。

「とうとう、来てしまったわ……」

ゲートには、アーチ状に「竜」「宮」「ル」「ナ」「パ」「ー」「ク」の文字が掲げられている。「パ」の字が傾いで、今にも落ちそうな感じで風に揺れていた。外まで聞こえていたお道化《どけ》たメロディのワルツは、近付くにつれて音がひずんで何やら不気味に響く。遠目には立派に見える絶叫マシンや観覧車なども、ちょっと近付くと今にも崩壊しそうなありさまなのがわかった。まるで、何十年も保守点検がなされていないような危惧を覚えたが、実際に何十年も保守点検などされていなかった。だって遊園地はずっと「閉園」していたのだから。

ゲートから一歩入ったところで、真理子さんたちは立ち尽くしていた。呼び込みのピエロが、踊るような動作でビラやら風船やらを客たちに配っている。

「さあさあ、本日は復活出血大サービス！　入場無料、アトラクションもレストランも、みーんなタダだよぉ！」

遊園地ファン、イベントファン、無料ファンの人たちが、わんさと詰めかけていた。皆、意気揚々とゲートをくぐり、出て来るときは動作をカクカクさせて真面目な顔になっている。駅からこっち、ずっと絶え間なく存在していたカクカク人たちの発生源は、ここだったのか。

「もうマジ怖えー。無理。ごめん、絶対無理」

大島ちゃんは声を裏返らせてそういうと、真理子さんの手を振りほどいて逃げてしまった。

「待って、大島さん……！」

真理子さんはすがるような声を上げたが、大島ちゃんは振り返ることすらしなかった。追いかけて行かなかったのは、真理子さんもまた怖くて金縛り状態になっていたからだ。

泣きそうな顔で、ゲートに掲げられた「竜宮ルナパーク」の文字を見た。ピエロが、真理子さんを挑発するかのように目の前で踊っている。音の割れたワルツが、グワングワンと鳴り渡る。

そのとき、真理子さんは気付いた。ボスキャラは、着ぐるみでもぬいぐるみでもない。全てはただの現象——怪奇現象に過ぎない。

（ボスキャラは、ほかに居る……）

廃墟、廃駅、廃線、廃園を前に詰めかけ、最後の別れを惜しむファンたちの姿をニュースなんかで見たときに思うこと。そんなに好きなら、廃業に追い込まれる前に、もっと行ってやったらよかったでしょうに。

第三者の真理子さんでもそう思うのだから、当事者の思いは比較にならないくらい強いはず。それは、もはや怨念とさえいえるのではないか。では、当事者とはだれ？従業員？　経営者？　客？　いや、最大の当事者とは「その場所」だ。

建物・施設・事業の終わりは、そこに思い入れのある人には「哀愁」であり、そこで働く者には「哀愁」に加えて「生活の危機」。しかし、建物や施設にとっては建物とて、乗り物とて、捨てられれば恨む。長い間、そこで人間とともにあった「彼ら」には「魂」が生じ、喜怒哀楽も情念も人間以上に育ち、ときとともに増幅している。人形供養や針供養が必要な人形や針と同じに、人間が触れればその一部が「彼ら」に移る。何十年も高揚した気持ちとともにあった遊園地ならば、閉園した時点ですでにモンスターレベルに肥大していたはずだ。かつて『竜宮ルナパークの復活を求める会』であった月華天地の会もまた、怨念の一部として取り込まれている――。

（ていうか、なんか暑いわ……）

何気なくスマホを見たのは、どんな疑問の答えもウェブの深淵の中に見つけることができるという、現代人の本能によるもの。真理子さんは、小さな画面の中に怨霊と化した遊園地に関する傾向と対策を見つけ――ることはもちろん敵わなかったけれど、変な表示に気付いた。

日付が、一九九九年七月一日になっている。

竜宮ルナパーク閉園の日だ。

もしや……タイムスリップしてしまったのかと思った。怨念があるなら、タイムスリップくらいあり得るのではという気がしたのだ。

（いや、いくら何でも、そんなわけないか……）

思わず苦笑する。自分もほかの人も、カクカク人さえもスマホを持っている（一九九九年には、なかった）。服装や髪型や化粧は、今現在と何ら変わっていない。

（ということは……？）

その日が、現実の中に割り込んで来たのだと、真理子さんは思った。

この土地は二重人格だと大島ちゃんがいっていた。現在あるべき海原川団地は隠れてしまい、竜宮ルナパークが目覚めた。そして、遊園地最後の一日を繰り返している。かつて竜宮ルナパークを見捨てたお客たちは、今日また臆面もなくやって来てカクカク人に改造されてゲートからはき出される。

これこそ、見捨てられた遊園地の報復である。移り気なファンたちは、竜宮ルナパークのたたりによって、カクカク人にされてしまうのだ。

（そんなこと、させない……！）

と、意を決して単身乗り込もうとした、真理子さんだったが——。

ガタガタのメリーゴーランドの方から、見覚えのあるずんぐりむっくりしたヤツが近づいて来た。着ぐるみのフーゴくんだ。

（うそ……）

北斗が着ていた着ぐるみは、蓼食村から持って来て、たそがれ探偵社に置いてきた。だったら、こちらに向かって来るのは誰――？

（ごめん、無理……）

真理子さんもまた、怖さが勝ってその場から逃げ出した。

12 そして、時はゆく

七月の暑さは、どこへやら。

強い風に吹かれ、真理子さんは寒さのせいで鳥肌が立っていることに気付いた。スマホで確かめると、日付の表示は元に戻っている。季節が変わっていたのは、竜宮ルナパークの中だけらしい。閉園当日の竜宮ルナパークが、その日付ごと化けて出たというわけ。

気味悪さに勝てずに逃げ出した真理子さんは、敗北感にうちひしがれて、とぼとぼ歩いた。いつの間にか駅前の繁華街まで来ていた。前の方から、カクカク人が一列縦隊で規律正しくやって来るので、思わず横丁に逃げ込む。逃げ込んだ先でも、大学生らしいカクカク人たちとぶつかりそうになった。カクカク人たちは、やけに明るい口調で「フェルマーの最終定理」とかいうものについて語り合っていた。数学が苦手な真理子さんは、いよいよ怖くなってさらに狭い路地に逃げようとする。

その背中を、ポンと叩かれた。

「よろしいですかな」

振り返ると、いつぞや市役所で親切にしてくれたカイゼル髭の西洋紳士が居た。相変わらず、品の好いダークスーツに山高帽を合わせ、映画に登場する伯爵とか男爵みたいに一分の隙もなく装っている。

「あのときは、お世話に……」

真理子さんは運命に敗れて打ちひしがれていたので、西洋紳士のいかにも包容力のある態度に、ふと緊張がゆるむ心地がした。

「失礼ながら、悩みごとがおありとお見受けしました。どうされましたか？」

「実は……」

初対面でないとはいうものの、悩みごとを相談するほど近しい間柄ではない。真理子さんは非常識な人間だが、常ならばそれくらいの分別は持っていた。でも、今このとき、自力では太刀打ちできない事態を前に、すっかり弱っていたのである。だから、街中にあふれ出すカクカク人たちと、それを生み出す遊園地に関して、洗いざらい打ち明けてしまった。真理子さんは、こういう偉そうな男性にとことん弱いのである。

「ご安心なさい。よく当たる占い師を紹介しましょう」

西洋紳士は大真面目にそういった。

「占い師……？」

そういえば、この人は、市役所の観光課でも何やら世迷い言をいっていた気がする。あのときは、職員の亀井さんに告白されたりして気ぜわしく、あまり意識もしなかったのだが。

（このおじいさん、西洋の不思議さん……？　ていうか、占いのポン引き……？）

相変わらず泰然とした笑みを浮かべている紳士が、にわかに怪しげに見えてきた。

「ついて、来なさい」

穏やかな命令口調でいわれ、真理子さんはしり込みしつつも従った。ひどく疲れていたし、偉そうな人に命令されると逆らえないのは生まれつきだ。

通りからまた一本奥に入った横丁へと、西洋紳士は足を踏み入れた。小さなスナックや焼き鳥屋や居酒屋が軒を連ねている。通り抜け出来ないどん詰まりに、飲食店とは別の、さりとて何を売るのかよくわからない店があった。西洋紳士はそこで立ち止まると、真理子さんに手招きする。

「さあ、ここです」

当然のように真理子さんを招き入れた。

（やっぱり、占いのポン引きだわ……。そういうのもあるのね……）

呆れつつも、素直に中に入った。定員一名――というわけでもあるまいが、狭過ぎるせいか老紳士は同行しなかった。なるほど、ポン引きは店の中にまでは入らないわよね……と思って納得する。

それにしても、狭い空間だった。外から見た印象よりも、いっそう窮屈だ。

小さなひし形の色ガラスで飾ったドアの内側、やたらと粒の大きいビーズの暖簾《のれん》が、幾重にも掛かっている。それをかき分けると、安っぽい芳香剤の匂いがした。暗紅色の壁には「町内会のおしらせ」と「干支ストラップを作ろう」というビラが貼ってあった。狭い廊下は黒く塗られた板で、白いペンキで魔法円のような模様が描かれている。天井は鏡張りだった。

奥まったドアに「ＷＣ」というプレートが付いている。そこしか行き場がないように見えて困惑していると、すぐ左にもドアがあるのに気付いた。木製のドアには、やはり小さなひし形の色ガラスがはまっていた。

（ここが占い師の部屋……？）

ドアを開けると、ビーズの暖簾が幾重にも下がり、最前の入り口まで戻ったような錯覚を覚える。

それも一瞬。

ドアの先には三畳間ほどの空間が広がっていた。——広がるというほど、広くはないけれど。

窓はなく、LED式のキャンドルもどきが点っている。幾重にも重なる汚れたタペストリー、銀行の銘が印刷されたカレンダー、そして造り付けの棚には、色とりどりの香水瓶が並べてあった。それから、呪術用の人形と、真理子さんも好きな銘柄のカップ麺が二つ。

中央に丸テーブルが鎮座し、タペストリーと同じほど手垢のついた（あるいは、単にそんな色合いの）テーブルクロスがかかっている。その向こうに、太った老婆が居た。二重顎が胸元にうもれ、西洋の民族衣装のようなものを着ている。白髪交じりの髪は変に豊かで、そして脂じみていた。

「駅前の崑崙《こんろん》食堂で一番高いものを食べ、小向《こむかい》花店で薔薇とカラーの花束を買い、となりのアイスクリーム屋台で特製プレミアムチョコミントスペシャルを食べた後で、もう一度ここに来なさい」

鼻のわきにイボのある目鼻立ちのはっきりした老婆は、しわがれた声でそういった。

「は……？」

「行きなさい！」

すごい剣幕で追い立てられる。

占い師にいわれたとおりの食事を済ませ、真理子さんは限界の胃袋と花束を抱えて帰って来た。なぜか、あの占いの店には二度と帰れない予感がしていたのだが――そんなのは気のせいで、呑み屋横丁のどん詰まりに、その小さな店は真理子さんを待っていた。

占い師は、もったいぶってほほ笑む。

「よくやった。あれらの店々は、業績不振でなあ」

「は……？」

さっき命じられたのは、念願成就のおまじないではなくて、単に店の応援と宣伝だったの……？　さっきのおじさまは占い師のポン引きで、このおばあさんは駅前商店街のポン引き……？

真理子さんが腹を立てたり悲しくなったりしていると、老婆はそんなことは気にもかけずに、白木の細長い箱を引っ張り出した。蓋を開けると、黄金色の短剣が納められている。よもや本物の金でもあるまいが、ルビーっぽい赤色や、エメラルドっぽい緑色の飾りなどが施されていて、実に豪奢である。まるで、ファラオの墓から出てきた副葬品のようだ。

「これを、やろう」

占い師は短剣を持ち上げると、無造作に差し出してよこす。真理子さんは面食らい、おそるおそる受け取った。やけに軽い。刃渡り十五センチほど。その刃を押したら、へこんだ。芝居で使う小道具らしい。そう思ってよく見ると、黄金は色紙で宝石に見せかけているのはプラスチックのビーズだというのがわかった。

こんなの、要りません……！

といえる雰囲気ではなかったので、それをバッグにしまった。見守っていた占い師は、おもむろにぶ厚い掌を差し出してくる。

「五、〇〇〇円」

「そんな……」

高いです……！　やっぱり要りません……！

そういいたかったのだけど、真理子さんはいえなかった。しょんぼりと、五、〇〇〇円札を置いて占い師の店を出た。

真理子さんが立ち去った後、太った老婆はまるで画像加工ソフトで修整したみたいに、まったく別の姿に変化した。とても古風な装束を着た美少女が、ちょこんと丸テーブルの向こうに座っている。

「狗山比売《ひめ》さま、首尾はいかが？」

西洋紳士が顔を出した。

「バッチリじゃぞえ」

美少女はそう答え、二人は大きく口を開け、お腹を反らして高笑いをした。

＊

真理子さんは肩に下げたバッグを、恨めし気に見おろした。

「こんなもの、もらっても……」

いや、もらったのではない。五、〇〇〇円もとられた。加えて、占い師の宣伝につられて駅前商店街で散財した金額は、合計で四、三〇〇円。立て替えたキャンディスティックの代金も返してもらっていない。蓼食村での大島ちゃんの滞在費も、以下同文。真理子さんの財布および通帳の事情は今や、竜宮ルナパークの出現と同じくらい深刻である。

ため息をつき、とぼとぼ歩いた。強い風はおさまっていた。風に吹き飛ばされたように時間が経っている。埃っぽい景色は、もう西陽の色だ。

（そういえば……）

本庄夫人を事務所に置いて来てしまったが、大丈夫だろうか。一人ぼっちで置いてけぼりを食らって、さぞや退屈しているに違いない。

街には相変わらずカクカク人が、規則正しい動作で闊歩していた。カクカクしていない人たちは、胡散臭そうに、あるいは何食わぬ様子で、やはり忙しそうに行きかっている。見慣れてしまえば、あまり大変なことじゃないような気がしてきた。

帰ろう……。とりあえず、たそがれ探偵社に帰ろう……。少しの間だけでも、心配とか責任とか、そういうのは忘れよう……。

そう思って顔を上げたとき、真理子さんの胸がポーッと熱くなった。次の瞬間、その熱がきた場所を見つけた。カクカク人や、学校帰りの学生や、職場に戻る外回りの人たちのずっと向こうに、人形売りが居たのだ！

真理子さんは、両手で自分の頬を覆い、恋しい人の名を呼ぼうとした。ちょっと距離がある。こんなところで大声を出したらさぞや目立つだろうけど、すぐにも気付いてほしかった。電話だのメールだのは交わしても、もうずいぶんと会っていないのだ。刻々とややこしさを増す仕事のせいだ。そして、その仕事たるや、働くほどにお金がなくなるという――。

すうーっと息を吸って、いざ名前を口に出そうとしてから、口を丸く開けたままで動作が止まった。真理子さんは、いまだに人形売りの名前を聞いていなかったのである。

仕方ないので、駆け寄ろうとした。そして、カクカク人にぶつかった後で、敷石につまずいて転んだ。真理子さんが遮二無二駆けだしたのが悪いのだけど、こちらを振り向きもしないカクカク人もカクカク人である。品行方正ではなかったのか？

（やっぱり、真面目になったホシナさんとは、ちょっと違うのよね……）

そう思いながら気丈に起き上がる。改めて駆けだそうとしたら、ヒールが道路工事の敷板の間にはまって抜けなくなってしまった。それをどうにか解決して、再び顔を上げたときには、愛しい人形売りの姿はますます遠く小さくなっていた。

こうしたとき、真理子さんは見ている者がちょっと引くくらい懸命になってしまう。今もまた、綺麗にウェーブした髪の毛を振り乱して、陸上選手みたいにすばらしいフォームで走り出した。通行人はぎょっとした顔で二度見したけど、真理子さんの目には彼方を行く人形売りの姿しか見えていない。

真理子さんの全速力は、走りづらいヘップサンダルを履いていたにもかかわらず国体の選手並みであった。それでもなお、人形売りとの距離はもどかしいほど縮まらない。でも真理子さんは少しもメゲなかったし、少しもへバらなかった。すたすたと、人形売りは背筋を伸ばして颯爽と歩く。真理子さんの目には、愛しい人がステージ上でスポットライトを浴びているかのように見えていた。――それは実のところ、あまり外れたことではなかった。それがどういうことかは、ほどなく明らかになる。

人形売りは、真理子さんが記憶している道筋を、勝手知ったる様子で歩く。その姿が、白象や女神の像を擁した、白い寺社っぽい建物の中へと消えたとき、真理子さんは「え……？」と思った。

（あの人、月華天地の会の信者だったの……？）

月華天地の会といえば、今や真理子さんの敵。平和的な話し合いをしに訪れた真理子さんに対して、シュレッダーだのマネキン人形だのを落としてきた連中だ。そんな集団の本拠地に再び飛び込んで行くのは、いかにも無謀である。

しかし、愛の無分別力は真理子さんをして、その後を追わせた。

「待ちなさい！」

門のところにある警備員室から、二人の警備員が飛び出してきた。前回と同じく、年嵩と若者のコンビである。真理子さんは、年嵩の方に取り押さえられた。若い方は、厳しい表情でこちらを警戒しつつ、どこかに電話をかけている。

「今、ここに入って行った信者さんに会わせてください……っ！」

真理子さんは懸命に頼んだのだが、警備員は聞き入れる様子もない。

広い前庭を隔てた向こう、道場の正面口が厳かな感じで開いた。どうして厳かなどという感じを受けたかというと、それまで建物や巨大な像をライトアップしていた灯りが、一斉に正面口を向いたからである。

ソントクソントクソントクソントク……。

地鳴りのような、低い低い声が聞こえる。薔薇色の作務衣を着た人たちが、ドアの中からあふれるように出現し、こちらに向かってくる。ソントクソントク……の声と同様に、ゆっくりとした歩調で。

真理子さんは、さすがに危機感を覚えた。相手の動きはゆっくりだけど、こうして捕らえられていては逃げ出すことができない。もがくうちにも、取り囲まれてしまった。信者たちの様子を上空から見ることができたならば、まさに薔薇の開花の様子を演じるマスゲームのように見えたことだろう。その花弁がはらりと動き、二人の人物が出現した。

ひとりは、あの比留間美代子。平和で平凡な主婦といった面立ちが、目だけ異様に吊り上がり、その中に火花のようなものが見えた。

美代子のとなりに居たのが、人形売りである。中背の痩身、くたびれた黒いスーツを着て、サルバドール・ダリのような細い口髭をピンと尖らせ、人形売りはまるで見知らぬ者を見るような目で真理子さんを凝視していた。

「何かご用ですか、島岡真理子さん」

比留間夫人は、怖い声でそういった。どんな恐ろしい目にだって遭わせられるのだという、そんな怨念のこもった声だった。

でも、真理子さんはそんなことは、まったくどうでもよかったのである。比留間夫人の威嚇なんて、そこに居る愛しい人の存在に比べたらほんの些末事——申し訳ないけど「屁みたいなもの」だ。

だけど、屁みたいな敵意をみなぎらせた比留間夫人と並び立っているくらいだから、人形売りはそんじょそこらの信者ではなさそうだ。幹部とか一番弟子とか、そんな重大なポストに居るのかもしれない。真理子さんには、そんなことおくびにも漏らしていなかったのに。

「月華天地開山比留間真空とは、こちらのお方です。お控えなさい！」

比留間夫人は、よく通る声でそういい放った。

開山とはお寺の創始者のことだから、月華天地の会はお寺ではないにしても、教祖というところをさらに重々しくいいたかったらしい。

（え、教祖……？　こちらのお方って……？）

真理子さんはおのれの目と耳を疑った。こちらのお方といって示されたのは、人形売りだったのだから。その事実を認めるよりも、真理子さんは女に嫌われる女の本能で、先だってのシュレッダーおよびマネキン人形墜落事件の真相が読めた。

嫉妬だったのである。

人形売りの正体が比留間真空とは知らずにお付き合いしていた真理子さんだったが、その交際はとっくに比留間夫人にバレていた。比留間夫人は、これまでの真理子さんの不倫相手の奥さんと同様、大変に怒った。そんな憎んでも憎み足りない泥棒猫（真理子さんのセカンドネームともいえる）が、のこのこと月華天地の会に乗り込んで来た。比留間夫人としたら、許すまじと思う。それで、真理子さんの帰り道、頭上にシュレッダーを落とした。おそらく脅すだけのつもりだったろうが、夫人の本心としては「もしか当たっちゃってても全然かまわない」と考えていたかもしれない。

真理子さんはそれでも懲りなかった。夫人は完全に頭に来て、もっとインパクトのある攻撃を試みた。真理子さんと瓜二つなマネキン人形を、当人めがけて落とした。今度は「当たって死ね」くらいに考えたに違いない。真理子さんマネキンは、夫の浮気を知った時点で、すでにこしらえていたのかもしれない。ダーツの的にしようとか、人体切断マジックで実際に切断してしまおうと考えていたのかもしれない。

「そうよ」

比留間夫人は、肩をそびやかしていった。見た感じは迫力のない人なので、子どもを叱っているくらいにしか見えないが、その背後から立ち上る紅蓮《ぐれん》のオーラが、霊能力者ではない真理子さんの目にも見えた気がした。紅蓮の、嫉妬の火――。

「この女を連れて、あの場所へ行きなさい」

比留間夫人は、高らかにそういった。

薔薇色作務衣の人たちがわらわらと真理子さんに迫り、警備員から身柄を受け取ると、いっそう雁字《がんじ》搦《がら》めに捕らえてくる。真理子さんの胸に、エゲツない想像が駆け巡った。あの場所とは、おそらくは拷問部屋だろう。三角木馬に乗せられて股裂きとか、鋼鉄の処女に閉じ込められて滅多刺しとか、そういうタイプのことをされてしまうのだろう――。

　ところが、実際に真理子さんが連れて行かれたあの場所というのは、拷問部屋ではなく竜宮ルナパークだった。さりとて、真理子さんの心は拷問よりもっとひどい試練の最中にある。スモークガラスのワゴンに乗せられて、真理子さんはひたすら愛の失意に耐えていたのだ。

（ああ、運命だとしたら、あんまりだわ……）

　真理子さんは嘆いた。愛しい人形売りが、敵の御大将・比留間真空だったという事実は、あまりに残酷だった。それに比べたら、三角木馬や鋼鉄の処女の方がまだマシだとさえ思った。

　あんなに優しくて、知的で、洒脱で、謎めいた魅力のある人が——比留間真空だったなんて。罪のない海原川団地の皆を苦しめている月華天地の会の教祖だったなんて。真理子さん目掛けて、そっくりさん人形を落として殺そうとした人の夫だったなんて。

　愛人と妻とに同時に対峙し、人形売りい、いやさ比留間真空は慌てもしないし、いいわけさえ口にしなかった。夫婦の間で、真理子さんに関しては既に結論が——真理子さんには歓迎しかねる結論が、しっかりと固まっていたに違いない。

　落ち込む真理子さんの耳に、信者たちの「ソントクソントク」という呪文が聞こえ、それはたまに意味の通じる会話にもなったりした。それによると、真理子さんはこれから竜宮ルナパークに連れて行かれ、人形にされてしまうのだという。

（なによ……）

もはや、人形だろうが金魚だろうが、何にでもなってやるわ……。なんて、捨て鉢な気持ちになっていると、スモークガラスの黒いワゴンから降ろされた。

薔薇色作務衣に剣呑な感じで両脇を固められて連行される真理子さんと同じ場所を、家族連れやら恋人同士らの、普通のお客もぞろぞろ歩いていた。

辺りはもうすっかり暗くなって、敷地を囲む樹木の葉が黒く垂れ下がり、木洩れ日は濃い朱色に染まっていた。カクカク人が、あちこちで一列縦隊になって歩いている。その向こうから、大きな頭を揺らしながら、可愛らしい動作でやって来るのは――フーゴくんだ。

やけを起こしていた筈なのに、一転して恐怖がよみがえる。真理子さんは、身を固くした。

（いや、来ないで……）

怯える真理子さんは、とあるアトラクションへと連行された。これはまぎれもないピンチである。しかしフーゴくんから遠ざかるというだけで、安堵を覚えてしまう。

しつこいようだが、そこは拷問部屋ではなかった。親子連れやカップルが、胸躍る様子で入って行く何の変哲もないアトラクションなのだ。しかし——出て来る人たちが、例外なくカクカク人になっている。親子、恋人、友人、夫婦、友だち——と思しき人たちが、皆そろってカクカクして、一列縦隊であちこちに散って行くのだ。

人形にされてしまうという意味を、真理子さんはようやく理解した。

このアトラクション——『恐怖のやかた』という——を一巡りすると、お客はカクカク人になってしまうらしい。カクカク人の発生源のさらなる発生源。『恐怖のやかた』内で何らかのプロセスを経ると、人形——すなわちカクカク人にされてしまうのだ。お客たちは何も知らされないまま、無邪気に無防備に、ぞくぞくと『恐怖のやかた』に入って行く。それは、あまりにも非道で陰険なやり方ではないか。

（でも、なんで……？）

などと思う間もあらばこそ、真理子さんは『恐怖のやかた』の中に放り込まれてしまった。

中は歩ける程度の明るさがあるものの、闇一色の迷路だった。音もせず、仕掛けも小道具も一切ない。『恐怖』と銘打っているのに、脅かし役のスタッフも居ない。それどころか、あんなに居たほかのお客たちの姿が見えない、声すら聞こえないのだ。

いや、かすかな音がする。

カサコソ。カサコソ。カサコソカサコソカサコソカサコソカサコソ。

ゴキブリが居る……！

真理子さんは悲鳴を飲み込んで、逃げ出した。さっき、人形売りを追いかけたときよりも、いっそう必死になって走った。しかし、ゴキブリはカサコソと追いかけてくる。真理子さんは「森のくまさん」という歌を思い出した。背後のゴキブリは、歌の中のくまさんほども執拗だった。頭上から自分とそっくりなマネキン人形を落とされるのとも別な、迫りくる恐怖がある。走りに走ったせいで、自分の居る位置が完全にわからなくなってしまう。

不意に迷路が終わり、広間に出た。

照明が煌々として、壁一面に貼られた色とりどりの紙片を照らしている。それは、ハートマークやお魚、うさちゃん、小鳥、猫の顔を象《かたど》った付箋《ふせん》だった。

楽しかった。竜宮ルナパーク、最高！　坂野伊織《さかのいおり》

また来たい（涙）。幸せな思い出をありがとう！　館山俊春《たてやまとしはる》

全ての付箋には、そんなコメントが手書きされていた。読んでいるうちに気持ちが温かくなって、真理子さんはつい身に迫っている危険や失恋の落胆を忘れてしまっ

た。つまり、束の間油断したのだ。

変異は、そんなときを狙って忍び寄って来る。

背後に、気配を感じた。

大きくて黒くて丸いヤツが、背中を丸めてこそこそと何かの作業に熱中している。

それは着ぐるみのフーゴくんだったから、真理子さんは今度こそ乙女チックな悲鳴を上げてしまう。

「キャー……！」

フーゴくんはゆらりと振り返ると、大きな両手で自分の大きな頭を抱え、持ち上げた。

かぶり物の下から現れたのは、大島ちゃんの顔だった。フーゴくんの頭を外した弾みで、バッチリ決めたヤンキー仕様の髪型がグシャグシャに乱れている。

「大島さん、何してるの……？　なんで、そんな格好してるの……？」

「占い師のばあさんに、これを着るようにいわれたんだ」

おかげで、怪しまれることなく潜入できた。

占い師のばあさんということは、大島ちゃんもあの呑み屋横丁の占いの店に行ったのか……。

「ここは、ナントカ教のやつらが目を光らせているからな。用心しないと、ヤバイぜ」

ナントカ教というのは月華天地の会のことで、大島ちゃんはその名称を覚える労を厭《いと》いつつも、この場を支配している敵の正体には気付いている。

「でも、何をしているの……？」

大島ちゃんは手動の小さなシュレッダーを使って、壁に貼られている心温まる数々の付箋を粉砕していた。

「そんなことしちゃ、駄目じゃないの……」

「ばーか。これを書いて貼ってしまうと、カクカクになっちゃうんだよ。おれは、変身させられたヤツらを、助けているの。これは、『招魂の機械』つってな、付箋を粉々にすると、書いたヤツラの魂が本人のところに戻るんだよ」

「ただの手動シュレッダーでしょ……？」

真理子さんは、矯《た》めつ眇《すが》めつ招魂の機械とやらを眺めた。同じものが、ホームセンターの文具コーナーで売られているのを見たことがある。

「罰当たりなことをいうな」

大島ちゃんはこの魔道のアイテムを、占い師の老婆から一五、〇〇〇円で譲り受けたという。

「駅前の崑崙食堂で高いものを食べろとか、いわれなかった……？」

「阿呆なこといってないで、手伝え」

命じられると逆らえないタイプの真理子さんは、壁から付箋を剝ぎ取るとせっせと大島ちゃんに渡した。小さな付箋の一枚一枚に、よく見ると「魂譲渡の契約書」と目出たない字で印刷されてある。

最後の一枚には、こう書かれてあった。

ボロっちいけど、楽しかった。またね、竜宮ルナパーク！　保科蛍
（そういうことだったのね……）

真理子さんは、まじまじとその付箋を見つめた。

ホシナさんは、遠足の帰りにここに迷い込んで、楽しく遊んだお礼にこの一言を書いたのだろう。子どものまっすぐな気持ちは、ここを牛耳《ぎゅうじ》る者には餌食《えじき》に過ぎなかった。ホシナさんは、カクカク人第一号にされてしまった。第一号だから完全にカクカクするには至らず、宿題を忘れない真面目過ぎる子になっただけではあったが。しかし、それはもはやホシナさんではないのだ。

純真な子どもの心を逆手にとるなんて、許せない……！

そう思って腹を立てる真理子さんの耳に、にわかに人の気配が近付いて来る。

真理子さんも通って来た暗い通路から、彼らは現れた。月華天地の会の薔薇色作務衣の人たちである。いつまで待っても真理子さんがカクカク化して現れないので、痺れを切らして見に来たらしい。

この広間は行き止まりなので、絶体絶命だった。

大島ちゃんは首から下はフーゴくんという格好のままで、ファイティングポーズをとる。

薔薇色作務衣の人たちは、思いがけない場所で真理子さんを見付け、思いがけない敵の伏兵も見つけ、揚げ句の果てに二人がカクカク人の解放工作をしているのを目の当たりにした。

彼らは激怒した。同時に、自分たちがカクカク化されていないか恐れ、互いの動作を確認し合う。

「大丈夫だよ。アレに名前を書かなきゃ、問題ないって」

この怪現象を作り出したのは遊園地そのものの怨念だと見切っていたが、カクカク人に関しては間違いなく月華天地の会の仕業だ。そう確信した真理子さんは、ドラマチックな動作でバッグから黄金の短剣を取り出した。

「やめて……来ないで……！」

シチュエーションとセリフが合っていなかったような気がするが、刃物を出されて薔薇色作務衣の人たちは大いに怯んだ。あるいは、この黄金短剣は月華天地の会にとって何か重要なデザインを模していたのかもしれない。はたまた、大島ちゃんの手動シュレッダーがただならぬ霊験を秘めていた（？）ように、この紛い物の短剣も霊力を秘めた必殺のアイテムである可能性も——。

（そんなわけないわよね……。厚紙と金紙にプラスチックのビーズを付けただけだし……）

それでも真理子さんがニセ短剣を振り回したのは、ほかに何もなかったからだ。その振り回し方が、変に堂に入っていたというか、鬼気迫った感じが出過ぎていたというか、自覚なしに真理子さんは大変にアブナイ女に見えた。大島ちゃんでさえ顔を引きつらせていたくらいだから、月華天地の会の人たちはまったく真に受けてしまった。

「やめろ！　来るな！　近寄るな！」

最前の真理子さんと同じ内容の悲鳴を上げて後ずさる。その隙を見て、二人は逃げた。真理子さんはまだニセ短剣を振りかざしているし、大島ちゃんは首から下は着ぐるみだ。そんな人たちが血相を変えて走る様子は、異様だった。暗い通路で二人に追い越されたお客たちは、月華天地の会の追っ手と同じくらい怯えた。

＊

恐怖のやかたの出口では、大島ちゃんの招魂の機械のおかげだろう、カクカクから回復した人たちが右往左往していた。目の前でカクカク人たちが普通にもどるのを見ていた人たちも、やはり大いに混乱している。恐怖のやかたはカクカクの震源地だったから、その騒ぎは大変なものだった。

混乱する人と右往左往する人たちで混雑している中、真理子さんは大島ちゃんとはぐれてしまった。人込みから押し出されて陰気な小道に迷い込む。

（あ、いけない。持って来ちゃった……）

まだ手に持っていたホシナさんの付箋を、こなごなに千切って風に飛ばした。その小さな紙吹雪が吹かれて行く道筋に、大島ちゃんが脱ぎ捨てたであろう、着ぐるみが落ちていた。

「もう、だらしないんだから……」

真理子さんは律儀に拾って畳んでから、先をいそぐ。石畳の道は雑草が目立ちだして、灯りらしい灯りもなくなった。ふと水の気配を感じたと思ったら、ぼうっと橙《だいだい》色《いろ》に光っている場所がある。

沼があった。その畔《ほとり》で、男の人が焚火《たきび》をしていた。何かをせっせと燃やしているのだ。積み上げた段ボールから、投げやりな動作で何かを摑み、火の中にどんどん放り込んでいる。

燃やされているのは、フーゴくん人形だった。蓼食村で、南田北斗の騒ぎの元となったのと同じ、あの小さなぬいぐるみである。人間に取り憑いて豹変させるくらいの魔性のぬいぐるみなのに、こんなに粗末にして大丈夫なのかと思った。いや、北斗の持っていたのは、年季が入って薄汚れていたが、こちらは新品である。まるで、売店の倉庫から運んできたみたいに、きれいで可愛い。

そして、フーゴくん人形を炎の中に放っているのは、清水目草蔵だった。竜宮ルナパークのオーナーの清水目氏である。でも、真理子さんが玉手岬に会いに行った清水目氏にくらべ、ずいぶんと若かった。初老と呼べるくらいの風貌である。真理子さんはそれを不思議なこととも感じずに、清水目氏の近くに歩み寄った。

「うりゃ、一つ焼いては母のためぇ、二つ焼いては父のためぇ〜ってか」

変な歌を歌いながら不貞腐《ふてくさ》れたように火の中にぬいぐるみを投げていた清水目氏は、こちらの気配に気付いて顔を上げた。

「あの……。清水目さんですよね……。こんにちは……」

清水目氏は猜疑心のこもった目で真理子さんを見て、それから邪悪な感じにほほえんだ。前に会ったことは覚えていないようだった。いや、まだ会っていないのだ。今、この一帯は、一九九九年の七月。真理子さんは、二十三年前の竜宮ルナパークの中に入り込んでいる。

「おねえさん、美人だね。この後で、わしといっしょに食事でもどうじゃね？」

清水目氏は、九十歳を越えた清水目氏と同じ口調で、同じような口説き文句をいう。さすが同一人物ね……と感心したが、真理子さんに口説き文句をいうのは馬の耳に念仏を唱えるのとほぼ同じだった。慣れ過ぎているから、挨拶くらいにしか聞こえない。恋が始まるかどうかは、いつだって真理子さんの気持ち次第なのである。

というわけで、清水目氏の口説き文句をあっさり無視して、真理子さんは焚火と段ボール箱を見比べた。清水目氏は手をとめると、目の前にある陰気な沼を指さした。

「これは『人魚の泉』といってな、あのフーゴ・ハッセがひそかに考案していたアトラクションだったのじゃ。人魚に扮した人形を泳がせて、お客たちは潜水艇の中からそれを見て楽しむんじゃよ。潜水艇だって凝った造りで、ちょっとしたモンだった」

そして、ふんッとため息をつく。

「未完成のまま、ただの池になっちまったがな」

「フーゴ・ハッセって……」

「あのとしまえんのメリーゴーランドを造った、伝説の遊具製作者じゃ」

海原川団地の人たちも、そんなことをいってたっけ。

「フーゴくんの名前の元になった人ね……」

「フーゴ・ハッセのアトラクションがあるというのが、うちのウリだった。それをアピールするため、うちのイメージキャラクターに名前をもらったのじゃ。『人魚の泉』は少しも評判にならなかったが、フーゴくんは人気が出た。しかし、じきに閑古鳥が鳴いて見向きもされなくなったが。竜宮ルナパークなんて、だーれにも必要じゃなくなった」

「今、お客さんたくさん来て、大盛況ですよ……」

「今日限りで閉園だから、ヤツら竜宮ルナパークの死に顔を拝みに来やがった」

清水目氏は、また感じ悪く「ふんッ」と鼻から息をはいた。段ボール箱を傾けて、底に残った数体を摑み、次々に焚火の中に放り込む。

「どうして、燃しちゃうんですか……？」

「だって、こんなものあっても仕方ないじゃろう。竜宮ルナパークがなくなれば、売る場所もなくなっちまう。だれも、こんなものなんか――」

清水目氏は不満に満ちた声で愚痴をこぼしかけ、手にもった最後の一体を火に投じようとする。

「駄目です！」

突然、幼い声がした。

小学校高学年くらいの女の子が、駆け寄って来たかと思うと、清水目氏からぬいぐるみを奪い取ろうとした。咄嗟に、真理子さんはそれがホシナさんだと思ったのだが、よく見ると違っていた。やせっぽちなところは似ているが、この子の方が髪の毛は長いし、少し背が高い。そして少し、雰囲気が暗い。

（でも、あたし、この子にどこかで会ってるわ……）

それがどこでいつのことか思い出せず、真理子さんはイライラした。

「もったいないです。燃やしちゃうくらいなら、あたしにください！」

「だめだ。灰にしてしまうのじゃ！」

清水目氏は意固地になっている。火の方に投げようとしたぬいぐるみをひったくられるも、怖い声で唸って奪い返した。

真理子さんは「やれやれ……」といって、クスリと笑った。人差し指で、清水目氏のしなびた頬っぺたを、ツンツンする。

「やあねえ。欲しがってるんだから、プレゼントしてあげなさいよ……。お・ば・か・さ・ん……」

色気がぼたぼた落ちる音が聞こえそうな声で、真理子さんは清水目氏の耳元に囁いた。清水目氏は酔っぱらったみたいに顔が赤くなり、デレデレした。

「しかたない。美人にそこまでいわれちゃあなぁ」

真理子さんから目を離しもせずに、放り投げるようにして少女にぬいぐるみを渡した。それは少なからず失礼な態度だったが、女の子は気にもしない様子でぬいぐるみを受け取った。奪い合いのときに形が歪んで土埃や焚火の煤で汚れていたのに、さも愛しそうに抱きしめる。

「エリカ！」

離れた場所から、女の子を呼ぶ声がした。女の子は顔を上げ、声がした方を振り向く。今しがた真理子さんが辿って来た暗い小道の出口に、男の人が立っていた。一張羅らしい背広があまり似合っていない中年男性だ。

「パパ」

女の子の顔が、パッと明るくなる。こちらには礼も文句もいわず、野生動物のようなしなやかさで駆け去ってしまった。

「あんたも行きなさい」

清水目氏が、寂しそうにいう。そして、付け加えた。

「待って」

清水目氏は段ボール箱の蓋を破ると、ポケットから出したチビた鉛筆で、なにごとか書きつける。それを真理子さんの手に押し付けた。書かれていたのは清水目氏の電話番号で、あとで連絡をくれという。つまり、ナンパである。

真理子さんは暗い小道をとぼとぼ歩き、曲がり角まで来ると後ろを振り返った。清水目氏は、空っぽになった段ボール箱を千切って燃やし始めた。その姿が、焚火もろとも透明になってゆく。そして、消えた。真理子さんの手の中の、電話番号を書いた切れ端も消えて行く。

「さよなら……」

真理子さんは、明かりのない小道を歩いてもどった。頭上にほうき星が見えた気がして、立ち止まる。視線を落とすと、前方の暗がりにフーゴくんが居た。ぬいぐるみではなく、大きな着ぐるみの方だ。不貞腐れたみたいに両足を投げ出して、切り株に腰を下ろしている。

「大島さん、こんなところに……」

そういいかけて「はて？」と首を傾げる。大島ちゃんなら、着ぐるみを脱ぎ捨ててどこかに行ってしまったはず。

（ということは……？）

本物のフーゴくんなのか。海原川団地に出没した南田北斗ではなく、占い師に指示されて着ぐるみを着た大島ちゃんでもなく、この時空を超えた怨念のイメージキャラクターであるところの、フーゴくん……。

「あのとき」と、フーゴくんは甲高い少年のような声でいった。ゾクゾクするような、不気味な響きがある。これがフーゴくんの地声なのかと思い、真理子さんはひどく怯えた。

それには構わず、フーゴくんは語り出した。

「あのとき、われらは罪なくして命運を絶たれようとしていた」

あのとき、というのは真理子さんがたった今見た情景のことをいっている。竜宮ルナパークのオーナーである清水目氏が、売店のデッドストックであるフーゴくんのぬいぐるみを焼却処分していたあのとき、遊園地はまさに怨霊と化しつつあった。幽霊船のように、見捨てられた廃墟のように、生き物でなくても幽霊にもなるし怨霊にもなる。ケースとしては、稀だけど。

「竜宮ルナパークは、あの女の子に救われたのだ。女の子に助け出されたぬいぐるみは、現実と竜宮ルナパークとの和解のシンボルとなった」

「エリカ……」

女の子の父親が、そう呼んでいたことに思い当たる。南田北斗にフーゴくんのぬいぐるみをあげた同級生が、エリカちゃんである。

「いかにも」

フーゴくんは子どもの声でいうと、分別くさく短い腕で腕組みをした。

「しかし、そのシンボルはやはり燃やされた。和解は破棄されたのである」

新築にともなう断捨離で、北斗の妻が燃えるゴミに出してしまったから。

「そして、見捨てられた竜宮ルナパークの怨みは復活してしまったのね……」

「仕方がない。そういう仕組みなのだから」

フーゴくんは、赤と白の可愛い杖で地面に「の」の字を描く。

「何度祟っても、あの女の子はわたしを救ってくれる。嬉しいじゃないか」

話を聞いていた真理子さんは、不意に心配になった。カクカクの呪いがかかった付箋は招魂ナントカのシュレッダーに掛けたけど、最後の一枚——ホシナさんの分だけは月華天地の会の人たちが来て間に合わなかった。真理子さんはそのときは深く考えることもなく手で破ってしまったが、それで呪いは解けるだろうか。

「どうなんでしょう……？」

呪いの本家本元であるフーゴくんに尋ねてみたが、着ぐるみは可愛い声で「さてねえ」というばかり。そして、不意にクシャッとくずおれる。真理子さんは、驚いて飛びのいた。どうしたものかと見守る前で、抜け殻になった着ぐるみは、太陽光線を浴びた吸血鬼みたいに、灰のように雪のように、見る見る消えてゆく。

竜宮ルナパークだったそこは、海原川団地にもどっていた。冷たい風が頬をかすめて、真理子さんはくしゃみをした。

「寒い……。ということは……」

急いでバッグを掻きまわし、一番底から飾り立てたスマートフォンを取り出す。待ち受け画面に表示された日付は、一九九九年七月ではなく二十三年後の十月にもどっている。

そう了解した瞬間、朝日が射した。

遠い東の稜線が赤くなる。神さまの芸術のように、空が染まり出した。放心したように眺めていた真理子さんだが、ふとわれに返った。太陽のてっぺんが空に顔を出した瞬間、真理子さんの中にとある考えが浮かんだ。

（ひょっとして……ひょっとしたら……）

海原川団地の建物に飛び込むと、ヘップサンダルの踵を鳴らして階段を駆け上がった。自治会長をたたき起こし、合鍵を借りてF四〇二号室に直行した。F四〇二号室とは、開かずの間として住人たちに恐れられているあの部屋だ。

「無駄だよ、真理子ちゃん、開きゃしないよ。だって、ここは開かずの間だもの」

「今度は、開くはずなんです……！」

もどかしく鍵を回した。前回はぴくりとも動かなかった鍵が、簡単に回る。逸《はや》る気持ちにまかせて、重たいドアを開けた。天ぷらの匂いがした。

「あ。おはようございます」

部屋には、女の子が居た。店屋物の天丼の海老天の尻尾をかじりながら、積み上げた漫画本を読んでいる。瀬界小学校五年の保科蛍さんだった。その足元に落ちた影はシルクハットをかぶった太っちょではなく、ここに居るホシナさん自身もあまり品行方正ではなかった。鼻をムズムズさせた後、足の指を器用に使ってティッシュペーパーの箱を引き寄せる。

「田辺くんが心配しているから、帰らなくちゃ……」

真理子さんがそういうと、ショートカットの女の子は「だよねー」と笑って海老天の尻尾を飲み込んだ。

＊

早朝の保科家では真面目な一人娘がグウスカ眠っていたが、いつもどおりのホシナさんが戻ると一人娘は目覚めて、いつもどおりの活発で世話好きで少しだけ不真面目な女の子にもどった。真理子さんのかたわらに居たはずのホシナさんは、いつの間にか姿を消している。

次の土曜日にまた瀬界町を訪ね、田辺少年に経緯を説明した。

「すごいですよね。さすが、プロの探偵だなあ。あり得ないよ。まるで奇跡って感じ」

ひょっとしたら最初からあまり期待していなかったのか、依頼の件が解決して田辺少年は過剰に感激している。ホシナさんはまた宿題を忘れるようになり、仔猫を拾って里親探しに奔走したり、掃除をサボったりしているという。

「少なくて、すみません」

田辺くんは、パンダのイラストがプリントされたポチ袋を、おずおずと差し出した。五、〇〇〇円が入っていた。

「少なくて、すみません」

恐縮して繰り返すので、真理子さんは慌てて両手を胸の前で振った。

「少なくないわよ……。少なくないです……」

大島ちゃんなんか、立て替えたお金をまだ返してくれていないのだ。こんなにあったら、ケーキが買えるし回転ずしにも行けるではないか。いやいや、恋する健気な少年から、お金なんかもらえない。

「いいのよ……。あたしは探偵じゃないから、調査料はもらえないわ……」

「そんな」

田辺くんは困ったように真理子さんの目を見つめ、それからパッと表情を明るくした。

「じゃあ、たこ焼きを御馳走します」

連れて行かれたタコ増で、真理子さんはお土産にチーズ入りときしめん入りを買った。チーズ入りにはプロセスチーズの欠片が、きしめん入りには茹でたきしめんのかけらが入っている。その代わりたこは不在だから、たこ焼きというのは違う気もするが……。

＊

瀬界町を後にして、真理子さんは駅前行のバスに乗った。借りていた本を図書館に返さねばならない。返却期限を過ぎていたので、返しに行くのに気が引ける。二冊の単行本を押し込んで、いつものバッグはパンパンに膨れていた。その重さを抱きしめているうち、ふとこれを借りた日のことを思い出した。

（あのとき、あの人にあったんだわ……）

しゅんッと、哀しい気持ちが胸を満たした。

うつむくと、隣の座席に忘れ物らしい新聞を見つけた。三面を表にして四つ折りにされた小さな見出しに、『教祖逮捕』と書かれていた。

思わず手にとると、そこには月華天地の会の教祖夫妻が詐欺容疑などで逮捕され、教団は解散となる見込みだという短い記事が載っている。真理子さんは「ふう」と息をつき、哀しい気持ちを飲み込んで図書館前でバスを降りた。

今日はギャン泣きする坊やも居なくて、図書館は人類が滅亡してしまった後みたいに静まり返っていた。もちろん、実際には滅亡していないので貸出し返却カウンターの中には司書が居て、真理子さんが差し出した本をにこやかに受け取った。返却期限は過ぎているのに、怒られることがなくてホッとした。

新しく借りる本を物色してから、遊園地に関連した単行本を手にとってみた。借りるつもりはなかったけれど、ぱらぱらとめくってみる。そして、手が止まった。

古い写真が載っていた。二十世紀初めに撮影された、高齢の西洋紳士の肖像である。

大昔の人なのに、真理子さんはその人に会って話までしたことがあった。占い師のポン引きの、あの風采の立派な西洋紳士だ。キャプションには、こう書かれてあった。

伝説の遊具製作者、フーゴ・ハッセ（一八五七〜一九三三年）。

「あら、まあ……」

＊

冷めてしまったたこ焼きをお土産に持って、海原川団地を訪れた。本庄さんも宮本さんも自治会長も不在だったが、階段で会った津村さんが部屋に招いてくれた。

「本庄さんの奥さんは、無事に帰ってきましたよ。それはそうと、新聞に月華天地の会の教祖が逮捕されたと書いてあったから、びっくりです」

津村さんは世間話の調子でいうので、真理子さんも軽い感じで応じた。「怖いわよねえ……」とか。

「まぁ、可愛いお部屋……」

津村さんの部屋はハンドメイドらしい小物や雑貨であふれている。節約のつもりでいろいろ作っていたら、楽しくなってどんどん増えてしまったという。

「これ、良かったら使ってくれます？」

と、うさぎのアップリケを縫い付けたカフェエプロンをもらった。恐縮する真理子さんは、自分もお土産を持ってきたことを思い出す。きしめんとチーズの入ったたこ抜きのたこ焼きを出して、二人で食べた。

「ねえ。津村さんは、竜宮ルナパークが閉園した日にオーナーさんからぬいぐるみをもらったのよね……。もらったというか、救出したというか……」

真理子さんがそういうと、津村さんは不思議そうな顔をして、それから不審がるでもなくうなずいた。

「あの後で、両親が離婚しまして。まあ、元々そういう予定だったんですが」

津村さん――津村恵梨香《えりか》さんは、母親の再婚と二度目の離婚の後、この団地に越してきた。その後、津村さん自身も結婚して離婚して、今は母親と二人でここに住んでいる。転居が続き、苗字もくるくる変わったため、大島ちゃんも足取りを追えなかったのだ。

「竜宮ルナパークは、あたしには消えてしまった故郷みたいなものです」

津村さんはそういった。

「最初の家族の最後の思い出の場所ですから」

津村さんのこの短い告白は、きっととっておきの大切な思い出なのだ。それを聞かせてもらったお返しに、真理子さんは自分が体験した探偵譚を語ることにした。なぜなら、津村さんもまた物語の重要な登場人物であるから。

「長い話になるんですけど……」

話し終えるころには、たこ焼きは食べ尽くされてしまった。空っぽになった電気ポットに水を足しながら、津村さんは「あなたのお話、信じますよ」といった。

「遊園地も、お店も、銭湯も、映画館も、学校も、鉄道も――」

津村さんは点呼でもするように、並べてゆく。

「客のあたしたちが行かないから、なくなっちゃうんですよね。だから、あたしたちが、寂しがったりするのは、呑気で無責任なことだとは思うんです」

急須の中で出がらしになったお茶ッ葉を捨てると、玄米茶の茶筒から新しいお茶を入れた。

「懐かしい場所がなくなるとき、あたしたちの中でもいっしょに何かが終わってしまうんです。でも、あたしたちは懐かしい場所をどんどん捨ててゆく」

「南田北斗さんには、会いに行かないんですか……？」

「そうですか……」

真理子さんは唐突に聞こえるような問いを発したけど、津村さんはごく自然に首を横に振った。

「いいえ。子どものころの時間は、なくなってしまった遊園地と同じですから。どうしたって、取り戻せないんです。無理に戻ろうとしても、迷子になるだけですよ」

たそがれ探偵社にもどる途中、スーパーの正面口に仏蘭西人形の実演販売をしている比留間真空が居た――ような気がした。

思わず立ち止まったものの、向かう先の信号が点滅しそうだったので、急いで交差点に入った。歩行者用信号が平板な音で童謡を奏でる。それが、耳の奥で甲高い少年の声に変化した。

――何度祟っても、あの女の子はわたしを救ってくれる。

何度祟っても、とは？

今度の騒動の中で、時間が一九九九年に戻ったように、実は竜宮ルナパークはいまだに無念の（無限の）ループの中に居たりして……。そんな考えが浮かんだ。人込みの中に、フーゴくんの後ろ姿が見えたのは、錯覚か？

本書は書下ろしです。

|著者| 堀川アサコ　1964年、青森県生まれ。2006年『闇鏡』で第18回日本ファンタジーノベル大賞優秀賞を受賞。主著に『幻想郵便局』『幻想映画館』『幻想日記店』『幻想探偵社』『幻想温泉郷』『幻想短編集』『幻想寝台車』『幻想蒸気船』『幻想商店街』の「幻想シリーズ」、『大奥の座敷童子』『月夜彦』『魔法使ひ』『オリンピックがやってきた　猫とカラーテレビと卵焼き』『定年就活　働きものがゆく』などがある。

幻想遊園地《げんそうゆうえんち》
堀川《ほりかわ》アサコ
© Asako Horikawa 2022

2022年3月15日第1刷発行

発行者──鈴木章一
発行所──株式会社　講談社
東京都文京区音羽2-12-21　〒112-8001
電話　出版 (03) 5395-3510
　　　販売 (03) 5395-5817
　　　業務 (03) 5395-3615

Printed in Japan

講談社文庫
定価はカバーに
表示してあります

KODANSHA

デザイン──菊地信義
本文データ制作──講談社デジタル製作
印刷───豊国印刷株式会社
製本───株式会社国宝社

落丁本・乱丁本は購入書店名を明記のうえ、小社業務あてにお送りください。送料は小社負担にてお取替えします。なお、この本の内容についてのお問い合わせは講談社文庫あてにお願いいたします。
本書のコピー、スキャン、デジタル化等の無断複製は著作権法上での例外を除き禁じられています。本書を代行業者等の第三者に依頼してスキャンやデジタル化することはたとえ個人や家庭内の利用でも著作権法違反です。

ISBN978-4-06-526944-2

講談社文庫刊行の辞

二十一世紀の到来を目睫に望みながら、われわれはいま、人類史上かつて例を見ない巨大な転換期をむかえようとしている。

世界も、日本も、激動の予兆に対する期待とおののきを内に蔵して、未知の時代に歩み入ろうとしている。このときにあたり、創業の人野間清治の「ナショナル・エデュケイター」への志を現代に甦らせようと意図して、われわれはここに古今の文芸作品はいうまでもなく、ひろく人文・社会・自然の諸科学から東西の名著を網羅する、新しい綜合文庫の発刊を決意した。

激動の転換期はまた断絶の時代である。われわれは戦後二十五年間の出版文化のありかたへの深い反省をこめて、この断絶の時代にあえて人間的な持続を求めようとする。いたずらに浮薄な商業主義のあだ花を追い求めることなく、長期にわたって良書に生命をあたえようとつとめるところにしか、今後の出版文化の真の繁栄はあり得ないと信じるからである。

同時にわれわれはこの綜合文庫の刊行を通じて、人文・社会・自然の諸科学が、結局人間の学にほかならないことを立証しようと願っている。かつて知識とは、「汝自身を知る」ことにつきていた。現代社会の瑣末な情報の氾濫のなかから、力強い知識の源泉を掘り起し、技術文明のただなかに、生きた人間の姿を復活させること。それこそわれわれの切なる希求である。

われわれは権威に盲従せず、俗流に媚びることなく、渾然一体となって日本の「草の根」をかたちづくる若く新しい世代の人々に、心をこめてこの新しい綜合文庫をおくり届けたい。それは知識の泉であるとともに感受性のふるさとであり、もっとも有機的に組織され、社会に開かれた万人のための大学をめざしている。大方の支援と協力を衷心より切望してやまない。

一九七一年七月

野間省一